赤い目のテス

さかき みどり

文芸社

もくじ

赤い目のテス

第一章　子ウサギ、テス

闇夜《やみよ》に広がるつぶつぶの星くず。その中に、青い海とみどり豊《ゆた》かな大地を持つ、ひときわ美しい星があります。しかも、その星では光と闇《やみ》がおりなす不思議な世界がくり広げられていました。

遠い遠い昔、物語はそのみどり豊《ゆた》かな大地にある一つの森から始まります。

あらゆる形と音をのみこんだ深い闇《やみ》。その闇《やみ》のふちにルリ色のベールがそっとかかりました。やがてベールは下のほうからアカネ色に染《そ》まりだし、それを皮切《かわき》りに天のカーテンがゆっくり開きます。空はまたたく間に白《しら》み、そこはかとなく光をつかさどる神、アマスの気配《けはい》を感じた鳥たちは、次々に深い眠《ねむ》りから目覚めます。すると、闇《やみ》をつかさどる神、ヨミはその座《ざ》を明けわたすかのように、足早《あしばや》に西のかなたへ去っていきます。

朝焼けにたなびく雲が神々《こうごう》しい金色にふちどられています。いよいよアマスの登場です。

アマスの出現《しゅつげん》と同時に、光が四方に放《はな》たれました。鳥たちは正面からさす日差しを浴《あ》びると、大空に向けて翼《つばさ》を羽ばたかせます。

やがて、森をおおいつくすみどりのこずえからこもれ日がさしこむと、土や草陰《くさかげ》で何やらうごめきだすものもいます。小川の水面《みなも》ではアマスの子どもたちがキラキラとたわむれだしました。さあ、新しい一日の始まりです。生きとし生けるものの息づかいがこぞって森中にひびき合います。

そんないつもと変わらない朝、母ウサギのノラはゆるやかな斜面《しゃめん》にほられた巣穴《すあな》の中にいました。

おやっ、ノラのそばでモゾモゾしているものがいます。実はたったいま、ノラは一匹《いっぴき》の赤ちゃんを産《う》み終え、ホッと一息《ひといき》入れていたところでした。しかし、赤ちゃん誕生《たんじょう》にこんなに手間《てま》取ったのは初めてのことでした。だから赤ちゃんのからだには、まだうすい膜《まく》が残ったままです。

「はじめまして、わたしのかわいい赤ちゃん」

ノラは赤ちゃんのからだに鼻をくっつけると、まず、あいさつをしました。それからしきりにからだをなめ続けます。膜《まく》がはがれた赤ちゃんのからだには毛らしきものはなく、目もしっかり閉《と》じたままです。黒くぷよぷよしたからだをなめているノラの舌《した》が、なぜかピタリと止まりました。

〈…………？〉

何度なめてもこれまでとは明らかにちがうのです。このときノラは出産に手間取《てまど》った理由がやっとわかりました。頭についている耳が大きく、いびつだったからです。

〈そうよ！　このぼうや、きっと大きく、たくましい子になるんだわ。この耳がその証《あかし》、ただそれだけのこと……〉

一瞬《いっしゅん》の不安を打ち消すように、ノラは自分にそう言い聞かせると、こんどは赤ちゃんにお乳《ちち》をあたえました。吸《す》いついて口から初めて食事をとった赤ちゃんは、お腹《なか》が満たされると疲《つか》れたのか心地《ここち》いい睡魔《すいま》におそわれていました。それを見届《みとど》けたノラも、満ち足りた気分のうちに寝入《ねい》ってしまいました。

どれぐらいたったのでしょう。ノラが目を覚《さ》ましたとき、巣の外ではアマスが去り、ヨミが支配《しはい》する静かな闇《やみ》の世界になっていました。ノラはからだをゆっくり起こすと、巣穴《すあな》から出てきました。そして、いつにない緊張《きんちょう》ぎみな表情《ひょうじょう》で、辺りをくんくんと嗅《か》いでいます。異常《いじょう》のないことがわかると、太くて長いツメがついた前足で、周りの土をいっせいにかき集めています。すると、なんと、その土で巣の入り口をふさぎはじめたではありませんか。しかも、さらにトントントンと押《お》し固める入念さです。終えると、何ごともなかったかのようにピョンピョンピョンと森のなかに消えていきました。

その後、ノラは巣穴《すあな》にはなかなか現《あらわ》れず、次に現《あらわ》れたのはそれから二日後のことでした。とは言うものの、巣穴《すあな》にいたのはほんのわずかな時間で、赤ちゃんにお乳《ちち》をあたえると、いつものように入り口を埋《う》め戻《もど》し、足早《あしばや》に去ってしまうのでした。

こんな謎《なぞ》めいた母ウサギの行動はその後も続きます。にもかかわらず、巣穴《すあな》に残された赤ちゃんはいたって順調でした。なぜなら、からだはまるまると太り、起きているのか眠《ねむ》っているのかはわかりませんが、ときどき活発な動きも見せていたからです。

ある日のこと、元気な赤ちゃんはいつの間にかベッドからはみだしていました。そのべッドとは、枯《か》れ草やコケの上に母ウサギの胸毛《むなげ》をむしって作られた、やわらかくて温かく、しかもお母さんのにおいが染《し》み付いた特製《とくせい》のものでした。

うとうとしながら赤ちゃんは、ふと、そこにお母さんがいないことに気づきました。不安にかられた赤ちゃんはすぐお母さんを探《さが》しはじめます。

「お母さん。お母さん」

こんどはかたく冷たい感触《かんしょく》が恐怖《きょうふ》となっておそいかかります。たえきれなくなった赤ちゃんは大声で、

「お母さんー。お母さんってばー」

どれだけ泣きさけんだかわかりません。ところが、必死にもがいているうちに、どうやらベッドに戻《もど》れたようです。赤ちゃんは、やっとお母さんのもとに戻《もど》れたと思い、ホッとすると同時に泣き疲《つか》れたのか、またもや眠《ねむ》ってしまいました。眠《ねむ》ってしまうと、まだお母さんのお腹《なか》の中と区別がつかないようで、気持ちよさそうにまどろんでいます。だから、お腹《なか》が空《す》くまで、赤ちゃんはいつも眠《ねむ》ってばかりです。

そうこうしているうちに、ついに赤ちゃんの目が開きました。このころになるとからだの毛も生《は》えそろい、すっかりウサギらしくなっていました。つぶらな目をした赤ちゃんウサギ、それはもう愛くるしいほどでした。

ところで、目が見えるようになった赤ちゃんが最初に見た、動くものとは、ときどき現《あらわ》れてはお乳《ちち》をあたえ、からだをきれいにしてくれる本物のお母さんでした。本物のお母さんは、なんと大きくて、なんて気持ちがいいのでしょう。でも残念だったのは、その大好きなお母さんにはたまにしか会えないことでした。

以来、赤ちゃんは目に入るすべてのものに興味《きょうみ》をしめすようになっていきます。特に、入り口辺りでぼんやりと光る小さいものが、気になってしかたがありません。赤ちゃんは入り口まで行くと、前足でそれを捕《つか》まえようとしました。すると、ぽろりと壁《かべ》がくずれ、突然《とつぜん》、白くまぶしいものが入ってきました。赤ちゃんは思わず後ずさりして、ドキドキしていました。でも、冷ややかな空気が流れてきただけで、それは初めて見る穴《あな》でした。

赤ちゃんは落ち着きを取り戻《もど》すと、また、そっと近づきます。すると、その穴《あな》は筒抜《つつぬ》けで、どうやら向こう側とつながっているようです。そういえばお母さんは、いつもここから現《あらわ》れます。

〈そうか!　ここから先はお母さんの部屋《へや》だったのか〉

気になってしかたがない赤ちゃんは、その穴《あな》をそっとのぞきこむことにしました。

〈ずいぶん変わった部屋《へや》だなぁ。あっ、何かが揺《ゆ》れている〉

そう思った瞬間《しゅんかん》、バタバタバタ。さわがしい音とともに何かがさっと通りすぎました。

赤ちゃんはびっくりしました。やはりからだの大きいお母さんのいる部屋《へや》は、広さからしてここととはだいぶ様子《ようす》がちがうようです。いまはお母さんの姿《すがた》は見えませんが、ここのどこかにいることは確《たし》かです。変化のないこの部屋《へや》より、明るくなったり暗くなったり、何が起きるかわからないお母さんの部屋《へや》にすっかり興味《きょうみ》をそそられた赤ちゃんは、穴《あな》をだんだん大きくして、お母さんの部屋《へや》をのぞくことが多くなりました。

ところで、その穴《あな》とは、成長した赤ちゃんのためにノラが作っておいた小さな空気穴《あな》でした。ノラは日に日に大きくなる穴《あな》を見るにつけ、わが子の順調な成長ぶりを喜ぶと同時に、そろそろ巣立ちのことを考えるようになりました。

月明かりの強い日のことです。このころ、ノラは巣穴《すあな》に近づくと、ピューィと鳴いて、赤ちゃんに自分が近くに来ていることを知らせるようになっていました。ノラがいつものように合図《あいず》を送ると、その合図《あいず》を聞くやいなや、赤ちゃんは入り口にかけよります。さらに成長した赤ちゃんは、待ちきれず自《みずか》らも土をけずり、まだ外にいる母親のお乳《ちち》に吸《す》いつきます。

赤ちゃんはお腹《なか》いっぱいになると、この日、自分が初めてお母さんの部屋《へや》にいることに気づきました。戸惑《とまど》うほどの広さ、その開放感からか、赤ちゃんは入り口辺りを見て回りました。

ちょうどそのとき、月明かりに照《て》らされたわが子を見たノラは、自分の目を疑《うたが》いました。それは、黒色に近い毛を持つウサギにしてはうすい灰色《はいいろ》だったからです。もとより気にしていた耳のこともあって、〈あ〜ぁ、なんてこと……〉と、まるで全身から力が抜《ぬ》けていくようでした。

しかし、ノラは動揺《どうよう》を隠《かく》しきれないまま、ある決断《けつだん》をします。それは、間近《まぢか》にせまったわが子の巣立ちをひとまず見送ることです。いまのノラには、この現実《げんじつ》をどう受け止めていいのかわからなかったのです。その日を境《さかい》に、ノラは重い心を引きずりながら巣穴《すあな》に通い続けました。

このころ、母ウサギは赤ちゃん専用《せんよう》の巣を土のなかに作り、一匹《いっぴき》の赤ちゃんを大事に育てていました。しかもヘビやイノシシなどの天敵《てんてき》から守るため、入り口をそのつど土やコケでふさいでいたのです。だから巣穴《すあな》も入り口も、もともと大きくありません。

当然、成長した子ウサギをこのまま放置できるわけがありません。いったい赤ちゃんはどうなるのでしょう。

ところが、ノラが赤ちゃんの巣立ちを決行する日は、意外にも早くおとずれました。すべてをゆだねきった瞳《ひとみ》で赤ちゃんに見つめられると、ノラはたえきれなくなったのです。

巣立ちは赤ちゃんを気づかって、暗い闇夜《やみよ》を選びました。その日、ノラはお乳《ちち》を飲み終えたわが子にやさしく声をかけます。

「さあぼうや、ついておいで。今日《きょう》からはお母さんの巣でくらすのよ」

子ウサギは突然《とつぜん》だったのでおどろきました。でもそれはうれしいおどろきにちがいありません。だって、いまのせまい巣穴《すあな》より広くて新しい巣のほうがワクワクするし、しかも大好きなお母さんといつもいっしょにいられるわけですから。

ノラはわが子に負《お》わされた試練を覚悟《かくご》し、これを機に「テス」という名をつけてやりました。


ピョコン、ピョコン。暗闇《くらやみ》のなか、テスはたどたどしい足取りで母親についていきます。

テスたちウサギのように、敵《てき》から身を守るすべや武器《ぶき》を持たない生きものたちは、もともと警戒心《けいかいしん》が強く、より安全にくらすため、棲《す》みかを闇《やみ》の世界に求めていきました。その結果、光の届《とど》かない世界でも活動できるように、弱い光に適《てき》した目やするどい嗅覚《きゅうかく》を持ち、からだも大半が目立ちにくい黒みがかった色をしていたのです。

ゆるやかな斜面《しゃめん》をしばらく登っていくと、傾斜《けいしゃ》もずいぶんとなだらかになってきました。この一帯《いったい》にはシイの木が多く生《は》えており、ノラはその奥《おく》の大きな石が複雑《ふくざつ》に重なり合ったところで止まりました。

「テス、ここがお母さんの棲《す》みかだよ。当分の間、おまえはここでいっしょにくらすのですよ」

と言って、テスのために段差《だんさ》の少ない場所を選んでノラは入っていきます。それでもまだ幼《おさな》いテスにとっては、岩をよじ登るようなものでした。でも、いったん中に入ってしまえば迷路《めいろ》みたいでワクワクしました。しかも近くにはすでに巣をはなれた兄や姉たちをふくめ、他《ほか》の仲間もたくさんいることがわかりました。とてつもなく広いこの場所は、単にお母さんだけの部屋《へや》ではないことをテスはこのとき初めて知ります。

テスは新しい環境《かんきょう》にまだ戸惑《とまど》いを隠《かく》せません。ノラの後ろでただキョロキョロしているだけでしたが、仲間たちはこの小さな新しい仲間を温かく受け入れてくれました。

次の日から、テスは一日の行動をノラといっしょに取ることになりました。そこでテスがいちばんおどろいたのは、トゲネズミやタヌキなど、初めて目にするヨミの獣《けもの》たちを知ったことです。でも、テスたちヨミの生きものは、アマスが支配《しはい》する時間はほとんど巣のなかで寝《ね》て過《す》ごします。なぜならば、彼《かれ》らにとってアマスはただまぶしいだけでなく、ざわつく音に混《ま》ざって時おりひびくうなり声や悲鳴《ひめい》が、傍若無人《ぼうじゃくぶじん》にふるまう野獣《やじゅう》のように思えたからです。その音が近づくと、彼《かれ》らは巣穴《すあな》でおびえていました。そのアマスが去っ

てしまうとヨミの生きものたちは巣穴《すあな》からはいだし、安心して活動しはじめるのでした。

ノラは食事に出かけるとき、おいしい草や木の実の落ちているところまで、いつも決まった道を使います。それらをおいしそうに食べる母親の姿《すがた》を見ているうちに、テスも少し口にしてみます。そうやってお乳《ちち》以外の食べものにも興味《きょうみ》を持ちながら、食べられるものと食べられないものを見分けていくのです。ススキやシダ、そしてシイの実など季節によって得られるものと、それがある場所も覚えていかなければなりません。また、危険《きけん》な場所や天敵《てんてき》から身を守る方法など、見よう見まねで学んでいきます。なかでもとりわけテスが気にいった場所は、シイの森のはずれにあるわずかばかりの原っぱ、ススキノ原でした。

足の短いウサギたちは、もともと走るのは得意ではありません。だから身を隠《かく》せる場所のない原っぱは特に危険《きけん》なため、親たちは見張《みは》り番を立て、警戒《けいかい》をおこたることはありませんでした。危険《きけん》がせまるとピュイッと鳴いたり、後ろ脚《あし》でダンダンダンと地面をたたいたりして、仲間たちに合図《あいず》を送り合うのでした。

そういった大人たちの心配をよそに、今日も子ウサギたちは思いっきり遊べるススキノ原をかけずりまわっています。

テスも初めのころは母親のそばからはなれられない子でしたが、いまでは同じ年ごろの子ウサギたちにすっかり溶《と》けこんでいるようです。しかし、やはりテスのからだのちがいはノラが心配していたとおり、だれの目にもはっきり見分けられるほどでした。でもそんなことは子どもたちにとってはなんの関係もありません。それより、ピョンピョンピョンと走る仲間たちにくらべ、ときどきピョーンピョーンと変な走り方をするテスは、足の速いことで注目されていたのです。

テスは巣に出入りするとき、段差《だんさ》の少ない小さい石を使えばいいのに、母親に後《おく》れをとるまいと大きい石からジャンプして、ノラを必死に追います。初めのころ、生傷《なまきず》が絶《た》えませんでしたが、いまでは手慣《てな》れたものです。それが原因《げんいん》でしょうか。走っていると、ついそのくせが出てしまうのでした。

「あっ、テスだ。テスー、いっしょに遊ぼー」

みんなと毛の色がちがうテスはどこにいても目立ちます。

「おーいテスー。ぼくも仲間に入れてよ」

テスのそばにはいつも友達が集まってきて、テスはいまや人気者でした。悪い気はしないものの、どうして自分だけ注目されるのかテスにはわかりませんでしたが、いつしかそれもあたりまえのようになっていました。

走ればだれにも負けない速さになっていたテスは、やがて、大人たちの間でも評判《ひょうばん》になり、ノラが心配していたいびつなからだは逆《ぎゃく》に誇《ほこ》らしく輝《かがや》いて見え、まさかそれがヒーローのシンボルになるとは思いもしませんでした。

「待ってー……テス、お願いだから待ってくれよー」

食いしんぼうのプヨはテスの大の仲良しでしたが、太りぎみだったせいか、いつも息を切らせながらテスの後を追いかけています。この日も、子ウサギたちはススキノ原で追いかけっこに夢中《むちゅう》でした。そのときです。

「ピュイッ、ピュイッ」

仲間の、いつもよりかん高い鳴き声がしたかと思うと、空から黒いものがふわりと落ち

てきて、ガサガサッと音がした瞬間《しゅんかん》、

「キィキィッ」

異様《いよう》な鳴き声とともに、一匹《いっぴき》のウサギが宙《ちゅう》に浮《う》かんでいました。見上げると、大きなフクロウにおそわれたあわれなプヨの姿《すがた》でした。テスは一瞬《いっしゅん》の出来事に何が起きたのかわからず、ただぼうぜんと立ちすくんだままです。そこにノラが息を切らせながらやってきました。そしてテスを見つけるやいなや、

「テス、だ、だいじょうぶだったかい」

わが子の無事《ぶじ》な姿《すがた》を見てホッとしたのか、ノラはテスをやさしくなめて言いました。

「テスや、しっかりお聞き。おまえが生きていくこの森は、楽しいことばかりじゃないのよ。天敵《てんてき》は地上だけじゃなく空からもおそってくるから、決して油断《ゆだん》してはいけないよ」

と、言い聞かせます。

テスはこの森には毒ヘビやイノシシなど、おそろしい天敵《てんてき》がいることは知ってはいましたが、目の前で仲間がおそわれた姿《すがた》を見て、初めて本当の怖《こわ》さを知りました。まだ幼《おさな》かったプヨ、そのプヨにみんなが会うことは二度とありませんでした。

この出来事が、仲間たちに大きな衝撃《しょうげき》をあたえたことは言うまでもありません。特にプヨの母、メルの悲しみは大きく、みんなの同情《どうじょう》を誘《さそ》わずにはいられませんでした。それ以《い》降《こう》、ススキノ原に近づくものはいなくなりました。

月日が流れ、あの忌《い》まわしい出来事もみんなの記憶《きおく》から薄《うす》らぎはじめていたころ、数匹《すうひき》の母ウサギたちは無邪気《むじゃき》に遊んでいる子ウサギたちを尻目《しりめ》に、おしゃべりに夢中《むちゅう》です。たまたま近くにノラがいないことをいいことに、チャチャがつぶやきました。

「やっぱりあの子の耳は変だわ……」

ことの起こりは、その何気《なにげ》ない一言からでした。

このころ、彼《かれ》らの耳はまだ短くて、ツバキの葉型をしていましたが、テスの耳はなぜかシイの葉のように長くなっていたのです。

悪気《わるぎ》はなかったものの、

「そう言われてみれば確《たし》かに……」

隣《となり》にいたサリーもうなずきます。その会話は、周りにいた仲間たちにも聞こえていたのです。

「まさかウサギに角《つの》はありえないわよねぇー」

「いくらなんでも……」

「じゃあ、できそこないの耳ってこと？　オッホッ、ホッ、ホッ、ホッ」

いっしょにいた母ウサギたちは妙《みょう》に盛《も》りあがっています。そこに、足の速さで子ウサギに抜《ぬ》かれてしまったグルまで加わってきました。

「いいや、あれはできそこないの羽だから、ああやって飛ぶような変な走り方をするのさ」

「アッハッ、ハッ、ハッ、ハ」

「オッホ、ホ、ホ、ホ」

グルの冗談《じょうだん》は大うけしたようで、みんな笑いが止まりません。さらに陰口《かげぐち》は、坂を転げ落ちるように勢《いきお》いづきます。

「それに毛の色と言い、ちょっと目立ちすぎじゃない？」

サリーは続けます。

「そうよ。テスのからだはヨミの生きものにしては目立ちすぎるから、天敵《てんてき》にねらわれやすいのよ。だから、ねらいはもともとあの子だったのに、逃《に》げ遅《おく》れたうちのプヨが犠牲《ぎせい》になったのよ」

いままでおとなしく聞いていたプヨの母、メルは、あの日の惨事《さんじ》を思いだしたのか、ここぞとばかりに言い放《はな》ちました。

普段《ふだん》おとなしいメルにしては珍《めずら》しいことだったので、みんなおどろきました。グルはメルのやるせない気持ちを代弁《だいべん》するかのように言います。

「そうだとも。みんなも気をつけろ、テスはおいらたちにとっちゃ疫病神《やくびょうがみ》なのさ」

「じゃあ、こんどはうちの子がやられる……ってこと？」

いま、テスといっしょに子どもを遊ばせている親たちは、口をそろえて言います。

グルはうなずきながら、

「ああ、こんどはおまえの子、次はそっちの番さ」

と、母親たちの不安感をあおります。

「た、大変……」

見る見るうちに母親たちの顔はこわばっていきます。そしてだれからともなく、急にわが子をテスから引き離《はな》しにかかりました。

「どうしてテスと遊んじゃいけないのー」

いやがる子どもたちはわけを聞きます。

「同じ色じゃないからだめ！」

ついにサリーは言ってしまいました。

とうとうテスの周りにはだれもいなくなってしまいました。母親たちの冷ややかな態度《たいど》にテスが戸惑《とまど》ったのも無理からぬことでした。そしてこのとき、テスは、自分がみんなと同じでないことの重大さに気づきます。

テスは巣に戻《もど》るなり母親に尋《たず》ねます。

「ねぇ、お母さん、どうしてぼくだけみんなと同じじゃないの？」

「えっ！」

だしぬけの問いにノラは取り乱《みだ》すまいと、必死に取りつくろおうとします。

「あ、そうそう、おまえがね、おまえがどこにいてもすぐにわかるから、母さん、とっても気にいってるんだけど……。それに、ほら、耳だって……」

答えになっていません。

ノラは幼《おさな》い心が傷《きず》ついてしまったことを思って胸《むね》がつまり、それが精《せい》いっぱいでした。わが子にいま、何が起きたのか、簡単《かんたん》に想像《そうぞう》できただけに、ノラの表情《ひょうじょう》も重く沈《しず》みます。

しかし、ノラの取り乱《みだ》し方こそ、テスには思いもよらないことでした。しかも、自分の言ったことが原因《げんいん》で母親を悲しませてしまったのです。親を悲しませて心が痛まない子どもなど、どこにもいません。以来、テスがこの疑問《ぎもん》にふれることはありませんでした。

ヒソヒソヒソ……。

厄介《やっかい》なことに、一度持ち上がったうわさ話は悪意を持った生きもののようにくねくねとはいずり回ります。またたく間に幼《おさな》い子を持つ母親たちに伝わり、やがてなんのかかわりもない者までその雰囲気《ふんいき》を感じ取り、みんな手のひらを返したようにテスによそよそしい態度《たいど》を取るようになったのです。あげくの果てには、

「できそこないの耳だって！」

「かわいそうに、プヨはテスの身代わりだったんだと……」

などとささやかれ、みんなの人気者から一転、テスはさげすまれる身になっていました。

いちばん仲のよかったプヨはもういません。自分に向けられる白い目に押《お》しつぶされそうで、テスはついに巣から出られなくなりました。


仲間たちを避《さ》けて巣穴《すあな》にこもり続けても、お腹《なか》は空《す》きます。だれにも会いたくないテスは、あの悲しい出来事以来だれも近づかなくなったススキノ原に、今日も出かけていきます。

テスがひとり味けない食事をしていると、先ほどからだれかにじっと見られているような気がしてなりません。でも、周りにはだれもいません。その視線《しせん》は確《たし》かに上のほうから感じられ、テスは初めて天をあおいでみました。

すると、遠くにいままで気づきもしなかった明るい穴《あな》を見つけました。その穴《あな》を明るくしていたのは、その中にいる、異様《いよう》に明るい丸いものだったのです。

テスたちがくらしている森は、大きな樹《き》の枝《えだ》や葉がいくつも重なり合い、アマスの光さえ届《とど》きにくいところでしたし、ましてやヨミの生きものたちが天を意識《いしき》することなどありませんでした。ススキノ原はもともと一本の老木が倒《たお》れてできたたった一つの空間で、天をおおう枝《えだ》や葉もそこだけ丸くくり抜《ぬ》かれていたのです。

ひとりぼっちのテスにはその『明るいもの』が、まるで友達のように感じられたのです。ただそれだけのことでしたが、これまで冷たい視線《しせん》を浴《あ》びていただけに、久《ひさ》しぶりに味わう安《やす》らぎでした。その『明るいもの』はやがて立ち去りましたが、そのわずかな時間、テスはさびしさを忘《わす》れていました。

ここ数日、テスは晴れ晴れとした顔でススキノ原にやってきます。しかし、その表情《ひょうじょう》は長続きしませんでした。今日《きょう》の穴《あな》は昨日《きのう》までの明るさとちがいます。しかもいくら待っても、そこにあの『明るいもの』が現《あらわ》れることはありませんでした。

いよいよ空が白《しら》みかけてくると、また孤独感《こどくかん》がテスをおそい、涙《なみだ》があふれます。

「どうして……どうしてぼくだけひとりぼっちなの……うわーん、うわーん」

とうとうテスは、涙《なみだ》とともに抑《おさ》えつけていたものをはきだしてしまいました。

その様子《ようす》を遠くはなれた茂《しげ》みから、胸《むね》が張《は》りさけるような思いで見つめているノラの姿《すがた》がありました。

いそいそと出かけていくこのところのテスが気になり、ノラはこの日、こっそりあとをつけてきたのです。こんな日が来ることを覚悟《かくご》していたとはいえ、さすがにノラはいたたまれなくなり、その場をそっと離《はな》れました。

第二章　ノラの旅

次の日、ノラはシイの森の北側に続くエルクの森に行くことにしました。この森一帯《いったい》で百年以上も生きてきて、森いちばんの知恵《ちえ》を持つエルクの長老がそこにいることを、以前、仲のいいルリカケスから聞いたことがあったからです。

物見高いルリカケスは、その話をどうやら渡《わた》り鳥《どり》のオオルリから聞いたらしいのです。宝石《ほうせき》のようなルリ色をしたオオルリは、このシイの森に立ちよると自慢《じまん》のノドを披露《ひろう》するだけでなく、旅先で仕入れた話を得意げにひけらかすのでした。聞くところによると、北にハクサンという名の高い山があり、その山すそにエルクの森が広がっていて、どうやら長老はその湖の近くに棲《す》んでいるらしいのです。

ノラは、アマスが去って辺りが薄暗《うすぐら》くなると巣穴《すあな》から飛びだし、北に向けて走りだしました。ピョンピョンピョン。ノラは、その長老にわずかな望みを託《たく》し、慣《な》れない森を緊《きん》張《ちょう》しながら走っていきます。

しばらく走っていると、偶然《ぐうぜん》北に向かう獣道《けもの》に出くわしました。さい先のいいスタートと、ノラは意気ようようと走ります。

すると、前方《ぜんぽう》にやぶをせわしくつついているヤマシギがいました。

ブーブ、ブーブ、チキッ。ブーブ、ブーブ、チキッ。

ヤマシギは、先が平らな長いくちばしを土のなかに盛《さか》んに刺《さ》しています。ノラは食事のじゃまをしたくなかったので、声をかけずに通りすぎました。すると突然《とつぜん》、

「君、君、キミー、君はこの辺では見かけないウサギだね。そんなに急いでどこへ行く気だい？」

後ろから急に声をかけられたノラは、あわてて止まります。

「わ、わたしはシイの森から来た者です。実は、これからエルクの森の長老に会うため、ハクサンに向かうところです」

ノラは息を切らせながら答えます。

「だろうね、だろうねー。でなきゃ、わざわざえじきになるため、この道を行くわけがない」

「エ、エジキ?」

意味不明なことばに、ノラはいらだちを隠《かく》せません。

「いやーこの先、君を待っているのはエルクの長老とやらではなく、オオヤマネコだからさっ」

「ヤ、ヤマネコ!」

その名を聞いただけで、ノラは身震《みぶる》いしました。

「どんな事情《じじょう》があるかは知らないが、悪いことは言わないからさ、向こうの谷川に沿《そ》っていったほうが身のためさ、そうさー」

と言って、長いくちばしでその方角を指してくれました。意外ななりゆきにノラは戸惑《とまど》いつつ、

「……それはそれはご親切に、ありがとうございます。でも、谷川まで行っても、エルクの森がどっちか、すぐわかるかしら?」

「だいじょうぶさっ。川の流れに逆《さか》らって進めばいいさっ、そうさー」

「流れに逆《さか》らって……でもどの山がハクサンかわかるでしょうか?」

ノラはとても慎重《しんちょう》です。

「い、いやー、そりゃー山はハクサン一つとは限《かぎ》らんさー……」

こんどばかりはヤマシギも困《こま》りました。すると、

「おー、思いだしたさー。そのハクサンって、きっと老いた山なんだろう。なんでもてっぺんだけ白いらしいんだ。北からやってきた青い鳥が言ってたさー」

「てっぺんだけ白い？」

ノラがそう言うと、

「とりあえずそれを目指していけばいいってことさ、そうさー」

ノラは最初、ヤマシギにてっきりからかわれているのだと思いましたが、いまはそのことを恥《は》じずにはいられませんでした。

そして、心からお礼を言うと、すがすがしい気分で谷川のほうに向かいました。


ヒィー……ヒィー……ヒィー…………。

キョッ、キョッ、キョキョキョキョキョキョ。

いくら谷川沿《ぞ》いが安全とは言え、初めて耳にするトラツグミやヒクイナの鳴き声はどことなく不気味《ぶきみ》です。そんな中、川の水音をたよりに何日も走り続けます。

この日、空が白《しら》みはじめてくると、前方《ぜんぽう》の暗闇《くらやみ》の中に浮《う》かぶ白いものがあります。それは木立《こだち》のすき間から、はっきりと見てとれました。ノラにとってそれは希望の旗印《はたじるし》のようでした。ノラは近くの老木のウロに入ると、久《ひさ》しぶりにゆっくりと休みました。

目を覚ますと、そこにはいつものやさしいヨミの世界が待っていました。元気を取り戻《もど》したノラは、休む前に見定めておいた方角に向けて走りだします。いったん走りだすと、ノラは急にからだが重たく感じられました。それもそのはずです。ゆるやかな上り坂が、急な坂になっていたからです。

そして、いつの間にか周りの景色も変わり、空気までひんやりしています。ノラにとってこのひんやり感は決して心地いいものではなく、疲《つか》れきったからだにはこたえます。しかし、長老に会うまではそんな弱音《よわね》など吐《は》いていられません。

どうやらエルクの森の近くまで来たようです。まだ辺りは薄暗《うすぐら》いのに、そこだけ朝日を浴《あ》びて、まぶしく光るハクサンがぐっと近くに感じられたからです。ノラの目には厳《きび》しいまぶしさでしたが、やっと念願の地点までたどり着いたのです。

ところでその白いものとは、降《ふ》りつもった雪が山の頂《いただき》に消え残ったものでした。次はいよいよ湖を探《さが》さなければなりません。探《さが》すと言っても、ノラの小さなからだで遠くを見通すにはあまりにも不利でした。後ろ脚で立ったままキョロキョロしていると、パラ、パラと何やら上から落ちてきます。ノラはあわてて見上げます。すると、大きく枝《えだ》を張《は》った巨《きょ》木《ぼく》の下枝《したえだ》に灰色《はいいろ》リスがいました。どうやら早めのお食事中のようです。ノラは、自分たちウサギによく似《に》た格好《かっこう》のリスを見ておどろきました。

〈よくあんな高い木に登れたものだわ。たかが大きなしっぽがついているだけなのに……〉

特にいまのノラにはそのリスが、うらやましく思えてなりません。

「あのー、そこのお方、そこから湖が見えますかー」

ノラはときどき落ちてくる何かのカケラを避《さ》けながら、リスに向かって声をかけました。

しかし、声が届《とど》かないのか、返事は返ってきません。

「あのー、ちょっとお尋《たず》ねしたいことがあるんですがー」

こんどは思いっきり声を張《は》りあげました。

「あっ」

大声におどろいたリスは、かじりかけの実をまるごと落としてしまいました。

あわてて声のしたほうを見ると、ちょうどその実がノラのからだに当たったところでした。

「いたっ！」

たいしたことはないもののノラにはショックでした。

「急に大声を張《は》りあげるんですもの、びっくりしましたわー」

と、気取り屋のリスは言ったものの、ノラの周りに散らばるカケラを見るなり、きまり悪そうにしました。

ノラは〈だいじょうぶですか？　の一言ぐらいあっても……〉とは思いましたが、こと、ここにいたってはリスは頼《たの》みの綱《つな》でもあります。

「確《たし》かに……ところで、この近くに湖があるらしいのですが、もし、そこから見えたら、その方角を教えていただけないでしょうか」

ノラはことばを選びながら尋《たず》ねます。

「えっ、湖……ちょ、ちょっとお待ちになって」

リスも文句《もんく》の一つや二つ返ってくると思っていただけに、少しまごつきながら上へ上へと登りはじめました。そして、こんもりとした茂《しげ》みのなかに消えてしまいました。

ノラはしばらく待っていましたが、また、どこからともなく何かのカケラがぱらぱら落ちてきました。ノラはリスのやっていることが理解《りかい》できません。どうやらあきらめるしかないようです。

ノラがそこを立ち去ろうとしたときです。高い茂《しげ》みからガサガサとリスが現《あらわ》れました。ノラは期待して見上げます。しかし、よく見ると顔の異様《いよう》に大きい別のリスでした。ノラは当てにしていただけにがっかりしました。

こうなったら、やはり自分で探《さが》すしかないようです。ノラはとぼとぼ歩きだしました。

「▽★×◎◆……」

何を言っているのかわかりませんが、後ろのほうでしきりにうめき声を上げている者がいるので、ノラは振《ふ》り返ります。すると、先ほど見た別のリスがそこにいて、口の中から何やら次から次へと取りだしています。

「ふぅ……湖なら、この先にありましたわ」

なんと、あの気取り屋のリスではありませんか。さっきまで口いっぱい木の実をほおばっていたので、ことばにならなかったのです。この変わり身の術《じゅつ》に、ノラはあっけに取られていました。

「それに、先ほどは失礼……。これ、よろしかったら、めしあがれ」

と言いながら、いびつな形をしたクルミの実を差しだしました。

実とは言っても、灰色《はいいろ》リスが食べる部分は、かたい種（核）のなかにある種子です。ということは、厚《あつ》い実の部分とかたい殻《から》は丈夫《じょうぶ》な歯でかじり取り、実そのものの大部分を取り去らなければなりません。上から落ちてきたのはそのカケラで、リスはその分手間《てま》取っていたのです。

ここ数日、満足な食事にありつけていなかったノラは、それを見た瞬間《しゅんかん》、急に空腹《くうふく》を覚え、すぐさまクルミを口の中に入れました。甘《あま》く歯ごたえのあるシイの実よりクルミはやわらかく、サックリとしています。しかも力のもととなる脂肪《しぼう》が多く、それはそれはぜいたくな食べものでした。ノラは続けざまにほおばり、あっという間にたいらげてしまいました。ノラの冷えたからだは徐々《じょじょ》に温まり、力がみなぎってきます。リスがなぜあんな高い木にらくらく登れるのか、わかったような気がしました。

ノラは気取り屋のリスから湖の場所を教えてもらい、しかもおいしいもてなしまで受けたことに深く心を動かされました。心もからだも温まったノラは感謝《かんしゃ》の気持ちを伝えると、またもやそう快《かい》に走りだします。

さっそく教えてもらった方角に進んでいくと、ここはシイの森とちがって木は枝《えだ》の張《は》りが少なく、上へ上へと伸《の》びています。下草《したくさ》も低いため見通しがきき、ノラにとっては好都合《こうつごう》です。

前方《ぜんぽう》に明るい空間が見えてきました。それもそのはず、そこに湖があったからです。ノラはついに長老とは目と鼻の先に自分がいると思うと、うれしくてたまりません。

ノラは湖をまだ一度も見たことはありません。せっかくの機会だから、帰ったらテスにも教えてあげようと、水辺のところまでやってきました。でも、丈《たけ》の長い下草《したくさ》がじゃまになってよく見えません。草を分け入っていくと、いきなりズブッ、ズブズブーと足が沈《しず》んでしまいました。

「ひゃー、冷たーい」

なんと草の下は泥水《どろみず》でした。ノラはあわてて引き返そうとしますが、泥《どろ》に足を取られて思うようにいきません。奮闘《ふんとう》の末、なんとか引き返せたものの、からだはぬれるわ、よごれるわ、とんだ災難《さいなん》に見舞《みま》われました。泥《どろ》と草の湖なんてもうこりごりだとノラは思いました。ノラは気を取り直すと毛づくろいもそこそこに、長老探《さが》しに戻《もど》ります。

すると、目の前にはノラが乗るのに手ごろな岩があちらこちらにころがっています。見晴らし台にもってこいと、近くの岩にピョンと跳《と》び乗りました。

「ひぇー」

跳《と》び乗った瞬間《しゅんかん》、ノラはいきなり振《ふ》り落とされていました。何が起きたのかわからないままからだを起こすと、なんと、その岩は宙《ちゅう》に浮《う》いているではありませんか。しかもその下にはすらりと伸《の》びた四本の脚《あし》がついています。よーく見れば、頭には大きく張《は》った枝《えだ》のような角《つの》がついています。角《つの》を持つシカなら何度か見たことはありますが、それよりも大きく、とてつもない大きさにすっかり度肝《どぎも》を抜《ぬ》かれたものの、

「あ、あなたがエルクの長老ですか？」

ノラはおそるおそる尋《たず》ねます。

立ったままのエルクは、足元から聞こえてくる声にびっくりしましたが、それが小さなウサギだとわかると、目を半分見開いたまま答えます。

「なーんだ、ぼくを起こしたのは君かい……ん、長老？　長老ならここを登っていけば会えるさ。ふぁぁー」

急に起こされた若《わか》いエルクは、まだ眠《ねむ》たそうでした。

「おやすみのところ、すみませんでした」

ノラは静かにその場をはなれると、はやる気持ちを抑《おさ》えながら高台へと向かいます。

やがて薄暗《うすぐら》い木立《こだち》のなかに、そこだけ台座《だいざ》のように盛《も》りあがったところがありました。

そのコケの生えた台座《だいざ》には、先ほどのエルクより一回り大きなエルクがうずくまっています。ノラは一目で長老だとわかりました。そして、緊張《きんちょう》した面《おも》もちで一歩一歩と前に進みます。その気配《けはい》をすでに察《さっ》していたかのように、威厳《いげん》をまとった長老は物静かに首を立て、ノラを見すえます。

「は、はじめまして、長老さま。ウサギのノラと申します。今日はわが子のことでご相談したいことがあり、はるばるシイの森からやってきました。どうか悩《なや》めるこのわたしに、よい知恵《ちえ》をお授けください」

ノラは礼儀《れいぎ》正しくあいさつをすませると、ここに来たわけをくわしく話しはじめました。

「ほーう、白とも黒ともつかぬ毛に、長い耳を持ったウサギじゃとう……それは珍《めずら》しい」

長老は太く低い声で、ゆっくり話しはじめます。

「わしは百年以上もこの森であらゆるものを見てきたが、そのようなウサギは見たことも聞いたこともない。う～ん……おそらくこれは天のはかりごとじゃろう。そうなると、おまえたちウサギは闇《やみ》に生きる獣《けもの》だから、その子はヨミにゆだねるしかあるまい」

長老はしばらく無言のままでした。そして、おもむろに口を開きました。

「ところでノラよ」

「は、はい」

「親の大きさに達した子に執着《しゅうちゃく》を持ってはならない森のおきてを、よもや忘《わす》れてはいまいな」

長老は険《けわ》しい目つきになっていました。ノラはハッとします。これまで心労の絶《た》えなかったノラは、その時期が来ていたことを忘《わす》れていました。

「ヨミに、ゆだねる？　……では、どこに行けば会えるのでしょうか」

ノラは尋《たず》ねます。

「心配するな。ヨミはいつもそなたたちのそばにおられる」

「…………」

長老の意味深長なことばに、ノラは返すことばが見つかりません。

「まあ、ともかく、その子は西の方角にある、天に最も近い天山に連れていくがいい。運よく青い山が見つかったら、ひとりで岩屋に登らせるのじゃ」

と、言ったかと思うと、突然《とつぜん》詰《つ》めよりました。

「ただし、よいか。その山に一度登ったものは二度と戻《もど》れん。このことを決して忘《わす》れるでないぞ」

確《たし》かに、ノラの耳にはそう聞こえました。

ノラは長老と別れたのち、二度と戻《もど》れないような山に、なぜテスが登らなければならないのか、しかも、その話をテスにどう切りだせばよいのか、もんもんとしながら坂を下っています。そもそも、長老のとうとつな話にノラは頭が真っ白になり、その場をどうやって離《はな》れたのか、それすら覚えていません。

気がつけば、山並《やまな》みの上がオレンジ色に染《そ》まっていました。どっと疲《つか》れを感じたノラは、そろそろこの辺りでねぐらを探《さが》そうと思い、周囲を見わたします。すると、眼下《がんか》に大きな水たまりを見つけました。いいえ、それは水たまりにしては大きすぎる湖で、ここからだと湖全体が見わたせました。その湖には周りの木々といっしょに白いハクサンまでもが鏡映しになっていて、それはことばには言い表せない美しい光景でした。

〈あれは先ほど立ちよった湖……〉

先ほど、水辺の草陰《くさかげ》からのぞき見た印象とは、あまりにもちがいます。ノラはしばらく立ちすくんだままです。自然が作りだした壮大《そうだい》な景色は、ノラの心をとらえて放《はな》しません。よどみの水も遠くで見れば真澄《ますみ》の鏡。ノラは、ものとの距離《きょり》で変わる印象におどろき、まるで魔術《まじゅつ》にかかったようでした。

そのとき、目の前が急にまぶしくなりました。ノラはアマスの出現《しゅつげん》に不意をつかれ、あわてて岩穴《いわあな》にもぐりこみます。

旅の目的は果たせたものの、ノラにはわからないことが一つふえただけで、いくら目を閉《と》じても感情《かんじょう》が高ぶって寝《ね》つけません。逆《ぎゃく》にシイの森を出てからこれまでの出来事が、次から次へと浮《う》かんできます。特にヤマシギやリスなどとの出会いです。

〈もし、彼《かれ》らとの出会いがなかったら、自分はいまごろどうなっていただろう〉

と思えば、ひやりとします。しかも、彼《かれ》らとかかわり合ったことで、かけがえのないものを得ていたことに気づきました。

それも、テスの不幸な出来事がなければ、ノラがシイの森を離《はな》れることはなかったのです。ノラは不運な出来事が幸運なめぐり合わせを引きよせるその謎《なぞ》を、身を持って知ったのです。

〈テスにもその可能性《かのうせい》が……〉

と思ったとき、ノラはいま、一筋《ひとすじ》の光が見えたような気がしました。そして、なぜかその光と天山が重なり合い、テスをヨミにゆだねることへの不安もいつしか消えていました。久々《ひさびさ》に心の平安を取りもどしたノラは、ゆっくりと眠《ねむ》りに落ちました。

ノラがシイの森に戻《もど》ると、そこには気の抜《ぬ》けたようなテスが待っていました。ノラはさっそくこれまでの出来事を話して聞かせます。この森では考えられないおもしろい話に、テスも最初は身を乗りだして聞いていましたが、ついに長老の話になると、さすがに身を引いてしまいました。テスにとって意外だったのは、自分が天山に行くことを、ノラがよどみなく話していることです。しかし、テスはもともと従順《じゅうじゅん》な子だっただけに、ノラの勧《すす》める話に逆《さか》らうことはありませんでした。

エルクの森から戻《もど》ったばかりのノラに、どこにそんな体力があるのか、次の日、さっそく西に向かうノラとテスの姿《すがた》がありました。天山までどれくらいの道のりなのか、二匹《にひき》には、まったく見当がつきません。足の速いテスはノラに合わせて、ゆっくり走り続けます。

いく日かたち、頭上が急に明るくなってきたかと思ったら、シイの森とは打って変わり、丈《たけ》の低い木が多くなっていました。そのせいか、空が白《しら》みはじめると見通しも遠くまでできくようになりました。

ノラは視界に入る山並《やまな》みのなかに、ついにそれを見つけました。まるで天を突《つ》くようなひときわ高い山です。ノラは走るのをやめ、うわずった声で言います。

「ほらごらん。あの青く輝《かがや》いている山が天山だよ」

テスにも見えたような気がしました。ノラは、まさかこんなに早く見つかるとは思っていませんでした。安心したノラは、この日のねぐらを、天山を望むここに決めました。

次の日、辺りが薄暗《うすぐら》くなると、親子は休むことなく一気《いっき》に走り続けます。その山に近づけば近づくほど周りの木々もまばらになり、暗闇《くらやみ》といえども茂《しげ》みのないところは、とても危険《きけん》な場所だったのです。

第三章　美しい世界

　いよいよ天山の麓《ふもと》までたどり着くと、そそり立つ山の上部には鈍《にぶ》い色の霧《きり》のようなものがかかっていて、それはまさにこの世のものの進入をはばむかのような、精気《せいき》が渦巻《うずま》いているようでした。そんな空気を打ちはらうかのように、ノラは堂々と近づいていきます。そして、岩壁《いわかべ》の前に立つと、さっそくテスが登っていけそうな場所を探《さが》しはじめます。しばらくすると、まるでテスのために用意されたような、なだらかな登り口が見つかりました。ノラはテスを呼《よ》びます。

「さあ、テス、ここがこれからおまえの生きていくところだよ。ここでおまえにどんな日々が待っているか母さんにはわからないけど、ヨミが守ってくださるから安心して登っておゆ行《ゆ》き。そのうちに岩屋が見つかるはずだから……。それにもう一度念を押《お》すけど、登ったら、二度とここには戻《もど》れないことを覚えているだろうね。そしてこのことだけは忘《わす》れないでおくれ。母さんはおまえをここに連れてくることを、一度たりとも迷《まよ》ったことはなかったよ」

そうは言ってみたものの、ノラには一つ気がかりなことがありました。ここから見る限《かぎ》り、岩と岩のすき間にわずかな草木が見えるだけです。あれらがどう見てもテスが食べられるものとは思えなかったノラは思いました。

〈ここで食べられそうなものがすぐ見つかるかしら？〉

自分たちがくらしてきた森とはあまりにも様子《ようす》がちがうだけに、ノラの頭からは不安が消えません。

「そうだわ！　テス、ここでおまえの食べられるものが見つかったら、それをあの岩の上に置きなさい。わかった、必ず置くんだよ」

と言って、登り口のなかにある、白く目立った平たい岩を指しました。

「それが見つかるまで、ときどきわたしが届《とど》けよう。それまではなんとしても空腹をしのぐのですよ」

ノラにとって、ここまで食べものを届《とど》けることは決して容易《ようい》なことではありませんが、それよりも、わが子テスの無事《ぶじ》を見届《みとど》けずにはいられなかったのです。

そう告げると、ノラは安心して、来た道を戻《もど》っていきました。

その場に取り残されたテスは、しばらくノラの後ろ姿《すがた》をずっと見つめていました。いつかは通らなければならない親子の儀式《ぎしき》でした。テスは意を決して、その山に足を踏《ふ》みいれます。少し登っていくと、いきなり大きな岩にぶつかり、テスはその岩をよじ登ろうとします。しかし滑《すべ》り落ちて、なかなか思うようにはいきません。何度かやっているうちに岩のでこぼこをうまく使って斜《なな》めに登っていくと、うまくいくことがわかりました。コツをつかんだテスは、上へ上へとひたすら登っていきます。

登るのに夢中《むちゅう》になっていると、突然《とつぜん》平らなところに出ました。足元を見ると、それは大きな大きな一枚岩《いちまいいわ》でした。しかもその平らな岩は山の斜面《しゃめん》から突《つ》きでていて、反対の山側には口を大きく開けた横穴《よこあな》があります。まさしく岩屋です。

そして気がつけば、いつの間にか空は白《しら》みはじめていました。テスはアマスが現《あらわ》れる前にたどり着けたことにホッとします。そして岩屋を背《せ》に立ってみれば、視線《しせん》をさえぎるものは何もなく、身がすくみます。こんどはからだを低くして眺《なが》めていると、こんもりとしたみどりの森が広がっています。

テスは、自分がこれまで棲《す》んでいたシイの森から、ずいぶん離《はな》れたところにいることを実感させられました。あのどこかにシイの森はあるはずです。すると涙《なみだ》がほほをぬらしました。しかし、シイの森で受けたつらさを思いだすと、テスはふとノラの言ったことばを思いだします。

「ここでおまえにどんな日々が待っているのか母さんにはわからないけど、ヨミが見守ってくださるから、安心して登ってお行《ゆ》き」

いまのテスにはそのことばだけが支《ささ》えでした。テスは涙《なみだ》をこらえます。それにしてもテスは、自分たちが生きているこの世界がこんなにも広いとは思いませんでした。振《ふ》り返って山側を見れば複雑《ふくざつ》に入りくんでいるところもあります。見上げれば霧《きり》がかかっていて、その先は何も見えません。この先を登っていくのはもともとテスには無理だったのです。

そうこうしているうちに、真正面の尾根《おね》からアマスが顔を出しはじめました。その光をまともに見てしまったテスは、一瞬《いっしゅん》、光がからだを突《つ》き抜《ぬ》けたかと思いました。恐怖《きょうふ》のあまり、テスはあわてて岩屋にかけこみます。初めて見る岩屋の中は十分すぎる広さで、テスは適当《てきとう》な場所を見つけると、倒《たお》れるように深い眠《ねむ》りに落ちてゆきました。

テスが深い眠《ねむ》りから目を覚ましたとき、周りの異様《いよう》な明るさに、一瞬《いっしゅん》自分がどこにいるのかわかりませんでした。岩屋からそっと出てみて、やっと思いだしました。しかし、こんな明るい空など見たことがありません。これまで見てきたヨミの世界とは、まるで雰《ふん》囲気《いき》がちがいます。空には『きらめくもの』が一面に散らばっていて、しかもおどろいたことに、ススキノ原の、あの穴《あな》からのぞいていた、まぁるく『明るいもの』が堂々と正面にいるではありませんか。テスは懐《なつ》かしいものに出会え、ホッとしたものの、それでも不安な思いが完全に消えることはありませんでした。

どうやらその不安は的中《てきちゅう》したようです。テスはヨミがどこからどんなふうに現《あらわ》れるか、緊張《きんちょう》しながら待っていましたが、一晩中《ひとばんじゅう》待っても現《あらわ》れません。次の日も、その次の日も現《あらわ》れることはなく、生きものの気配《けはい》すらありません。そうなると、下界《げかい》と切り離《はな》されたこの岩だらけの山に、退屈《たいくつ》をまぎらわせるものなどあるはずもなく、テスは自分が食べられそうな草を探《さが》すとき以外は、岩屋の外でうずくまっているだけでした。

楽しみと言えばたった一つ、そう、ときどきノラが届《とど》けてくれるわずかな食料でした。そこで、できることならついでにノラの姿《すがた》を一目見ようと、テスは離《はな》れた岩場の陰《かげ》でしんぼう強く待つことにしました。

ある日、口いっぱいに草をくわえたノラがついに現《あらわ》れました。テスは思わず身を乗りだします。ノラはそのことを知ってか知らずか、白い岩の上に、何もないことがわかると、食料をそこに置き、さっさと立ち去ってしまいました。

たとえお腹《なか》は満たされても、テスの心が満たされることはなく、とぼとぼと岩屋へ帰っていきます。

そんなことが何回かくり返された帰り道のことでした。

「だ、だれだ!」

テスは、大きな岩壁《いわかべ》にうごめく怪《あや》しいものを確《たし》かに見ました。思わずさけんでみたものの、黒い化けものに肝《きも》を冷やしたテスは、すぐさま近くにあった岩陰《いわかげ》に身を隠《かく》します。でもすぐ見つかってしまうのではないかと心配で、気が気でなりません。しかし、その化けものはいつまでたってもおそってくるどころか、探《さが》しまわっている様子《ようす》もありません。

〈もしかして、もう立ち去ったかな？〉

とうとうしびれを切らしたテスは、岩陰《いわかげ》からそっと身を乗りだしました。

「あっ！」

化けものはまだそこにいました。向こうもちょうどこちらの様子《ようす》をうかがっていたところだったのです。テスはあわてて身を縮《ちぢ》めます。

〈そうか！　ヤツはあそこでぼくを待ちぶせしてるんだ〉

そう思ったテスは、岩陰《いわかげ》から勢《いきお》いよく跳びだし、化けもののいるほうとは反対方向に走りだしました。敵《てき》もさる者、そうはさせまいとあわてて追いかけてきます。ところが、その化けものは一瞬《いっしゅん》消えたかと思えばまた現《あらわ》れ、追っている最中もからだをぬーっと伸《の》ばしたり縮《ちぢ》めたり、まるでとらえどころがありません。

テスが登ったり下りたり、無我夢中《むがむちゅう》で逃《に》げているうちに大きな岩壁《いわかべ》にぶつかりました。

どうやらそこから先は行き止まりのようです。不覚にもテスは逃《に》げ場を失っていました。

あわてて振《ふ》り返ってみましたが、またもや化けものは消えています。しかし、ホッとしたのもつかの間《ま》、テスはぞくっとしました。なんと化けものはすでにテスの背後《はいご》に回り、岩《いわ》肌《はだ》にへばりついていたのです。

〈し、しまった……〉

絶体絶命《ぜったいぜつめい》のテスは恐怖《きょうふ》のあまり目を閉《と》じます。

ドキッ、ドキッ、ドキッ。

その間《かん》の、なんと長いことか。

しかし、いくらたっても何も起こらず、化けものはテスにふれようともしません。

〈も、もしかして、また消えちゃった？〉

この化けものが何を考えているのか、テスはいよいよわからなくなりました。すっかり気が抜《ぬ》けてしまったテスは、そーっと後ろを振《ふ》り返ります。ところが、いました。テスと同じぐらいの大きさになって、でもこんどはテスの動きを真似《まね》てばかりいます。

はじめ、テスはこの化けものにからかわれているのかと思いましたが、目や口はないものの、テスと同じ長い耳がついています。しかも足元でつながっているこの化けものに、しだいに親しみがわいてきました。

この日の出来事がきっかけで、以来、ことばはかわせなくてもこの得体《えたい》の知れない化けものがそばにいてくれるだけで、テスはさびしさから解放《かいほう》されていました。

ところが、数日たったある日、この日に限《かぎ》っていつまで待っても現《あらわ》れません。もともと化けものは雨がきらいらしく、空が曇《くも》っているだけでも来てくれません。

〈でも、今日の空は曇《くも》ってもいないのに変だなぁ〉

テスは確《たし》かめるように空を見上げます。ところが、いつにない空のにぎやかさにテスはおどろきました。そこにはいつも堂々といるはずの『明るいもの』はなく、代わりに『きらめくもの』たちがキラキラと、ひしめき合っています。

ともすれば、すーっと流れる光にハッとさせられるなど、テスは静かな闇《やみ》のなかでくり広げられるショーに、すっかり心を奪《うば》われていました。テスがここに来て、こんな気持ちになったのは初めてのことです。

とうとう次の日も、次の日も、気まぐれな化けものが現《あらわ》れることはありませんでした。

ところが、テスがあきらめかけたころ、化けものはテスの足元に戻《もど》っていました。このとき、テスはある重大なことに気がつきました。それは化けものと、あのまぁるく『明るいもの』とはとても仲がいいらしいということです。なぜなら、あの『明るいもの』といつもしめし合わせたように現《あらわ》れていたからです。

しかしこのとき、テスはまだその黒い化けものが自分の影《かげ》だということを知りませんでした。というのも、以前テスたちがくらしていたところは、大きい樹木《じゅもく》の枝葉《えだ》などの茂《しげ》みにおおわれていたため、月明かりがテスの足元まで届《とど》くことはほとんどなかったからです。もし届《とど》いたとしても、周りの影《かげ》と重なり合って、わかりにくかったのです。ですから、ヨミの生きものたちが天を意識《いしき》することなどなかったし、ましてや影《かげ》など知るはずがありません。

天に近いここ天山の月や星の明るさは特別で、しかもさえぎるものは雲以外何もないため、満月ともなればなおさらのこと、青白い光に包まれた神秘的《しんぴてき》な世界が広がっていたのです。

暇《ひま》を持てあましていたテスは、いつの間にか空を見上げるのが日課となっていました。そこでテスは、いろんな発見をします。まず、その『明るいもの』は一晩《ひとばん》のうちに少しずつ移動《いどう》していること。また、へこんでいたものが日に日に膨《ふく》らんできたかと思えば、逆《ぎゃく》に、まん丸いものがへこみだし、しまいには消えてしまうなど。しかも、それは一定の周期でくり返されていることもわかってきました。

これまでの様子《ようす》をつぶさにご覧《らん》になっておられたヨミは、テスに、ある贈《おく》りものを思いつかれました。

月明かりのきれいな夜、ヨミは、テスのからだからその影法師《かげぼうし》をお切り離《はな》しになりました。

「おっととととと……」

テスのからだからいきなり切りはなされた影法師《かげぼうし》は、肝心《かんじん》な足場を失い、情《なさ》けないほどふにゃふにゃして形すらありません。異変《いへん》を感じた影法師《かげぼうし》は足元を見るなり、やっとわが身に起きている一大事に気づきます。そこで影法師《かげぼうし》は、はたと考え、ニヤリと笑います。

〈こりゃ待てよ、せっかくひとりだちできるんだ。だったらだれが見てもうらやましく思えるような、強くて賢《かしこ》そうな姿《すがた》にならなきゃ損ってもんさ〉

影法師《かげぼうし》はさっそく自分の姿《すがた》作りに取り組みました。

〈これまで見てきた、強そうなライオンや足の速いチーターなどの猛獣《もうじゅう》か……そうそう、賢《かしこ》そうなサルもいいかな〉

あれやこれや思いえがいては必死にかたどろうとしますが、なかなか思うようにはいきません。やはり欲《よく》ばったせいでしょうか、仕上がりはいまいちです。でも、そこはあきらめの早い性分《しょうぶん》で、なんとか決まったようです。形が決まれば最後に目鼻をつけて完成です。

それも終えると、いきなり宙返《ちゅうがえ》りをしたかと思えば、またたく間に黒ヒョウのように宙《ちゅう》をかけ抜《ぬ》けていきました。

しばらくするとこんどはいきなりテスの前に現《あらわ》れ、チンパンジーのように二本足で立ち上がります。

「あーあ、自由ってこんなに気持ちいいものだったのか……」

実感のこもったことばを吐《は》いたかと思えば、また消えました。

「！」

テスは思わず息をのみました。

「以前のおいらってみじめなもんさ」

こんどはテスの後ろから声がします。

「だれかに気づいてもらえるわけでもないし、ただ地面にじーっとはいつくばっているだけでさ。まっ、運よく相棒《あいぼう》が生きもののときは、そいつといっしょに歩いたり、走り回ったりできるから、さほど退屈《たいくつ》はしないけど……でも、おいらたちがその動きに合わせて正《せい》確《かく》な影法師《かげぼうし》を作るのに、どれだけ苦労しているかなんて、だーれもわかっちゃくれないのさっ」

テスは振《ふ》り返りざまに自分の足元を見ると、昨日《きのう》までくっついていたはずのものがありません。代わりに変わった生きものが目の前に現《あらわ》れ、こともあろうに話しかけてきたので、テスのおどろきようったらありません。

「なのに、最初おまえがおいらに気づいて岩陰《いわかげ》に隠《かく》れたときはおどろいたよ。だけどおいらのことを慕《した》ってくれたときはうれしかったなぁ……あっ、おいら、ゲン、影法師《かげぼうし》の世界ではおいらまだひよっ子だけどね。いままでおまえの分身みたいなものだったけど、どうやらここではおいらとおまえだけのようだから、まっ、仲良くやろうぜ」

そのゲンと名乗る変わった生きものは、よほどたまっているものがあったのか、しゃべりだしたら止まらず、おまけに落ち着きがありません。しかも、お世辞《せじ》にもバランスのとれた姿《すがた》とは言えませんが、よーく見ると、大きな目と口は表情《ひょうじょう》が豊《ゆた》かで、とても愛嬌《あいきょう》のある顔をしています。ことば遣《づか》いは少し乱暴《らんぼう》ですが、ことばをかわせる相手ができただけでもテスには夢《ゆめ》のようでした。

「は、はじめまして、ぼくテスって言うんだ……よろしく」

テスは少し緊張《きんちょう》ぎみです。

「そもそもおいらたちが持ち前の力を発揮《はっき》できるのは、光が満ちあふれるアマスの世界なんだけどさー……あっ、そうか、ごめん、おまえたちヨミの生きものはアマスの世界を知らないんだよなー」

そう言いながら、ゲンはしばらく考えこんでいました。

「じゃあ君はこの世界の他《ほか》にも別の世界があるって言うの。それがあのおそろしいアマスが支配《しはい》する世界？　しかも君はそこでも生きられるっていうのかい？」

テスのことばに不意をつかれたようでゲンはあせります。

「つ、つまりよう、おいら、もともとヨミの仲間なんだけどぉ、それはあくまでも光の副《ふく》産物《さんぶつ》であってさ。要するに光が届《とど》くところならおいらどこへでも行けるってわけさ」

「君の言ってること、さっぱりだよ。だってここにはアマスの光なんてないし……」

テスが言うと、ゲンはむきになって言い返します。

「おいらがここにいるってことは、あるってことさ」

「………」

ついにゲンとテスの会話は途切《とぎ》れてしまいました。

「そうだ！　おいらにいい考えがある」

テスとは明るい夜しか遊べないことを思いだしたゲンは続けます。

「おいら、わけあって闇夜《やみよ》のときは姿《すがた》を持てないんだ。だけど話し相手ならまかせてくれ。岩屋でおまえの知らないアマスの世界を教えてやるよ」

ゲンはすっかり先輩気取《せんぱいきど》りです。テスにはゲンの言っている意味のほとんどが理解《りかい》できませんでした。しかしそこは子ども同士。何はともあれ、テスたちは岩屋から飛びだすと追いかけっこをしたりかくれんぼをしたり、夢中《むちゅう》になって遊びはじめました。

ハハハハ……ギャー、キャハハハハ！

テスが声を張《は》りあげたり、笑ったりしたのは久《ひさ》しぶりのことでした。子ウサギのテスには、からだを思いっきり動かして遊ぶことが、まだまだ必要だったのです。

次の日、テスはゲンに連れられて、初めて遠出《とおで》をしました。その途中《とちゅう》、テスはコケが生えた坂で思いっきり滑《すべ》ってしまいました。しかもその坂はゆるやかに、どこまでも続いていて、それがよほどおもしろかったのか、そこはテスたちのお気に入りの遊び場となり、いつも滑《すべ》りの速さを競《きそ》い合っていました。

また、テスたちはまだ踏《ふ》みこんだことのない場所にも入っていきます。たとえば、一本松が生《は》えている大きな岩は、テスが岩登りに挑戦《ちょうせん》するにはかっこうの場所でした。さらに、麓《ふもと》までの近道を探《さが》したり、食べもの探《さが》しをしたり、テスにとっては毎日が夢《ゆめ》のような日々でした。

ゲンと過《す》ごす時間があまりにも楽しかったので、空が白《しら》みはじめるのがテスにはいつもより早く感じられました。そして、アマスの現《あらわ》れる明るいほうをテスはいつも恨《うら》めしそうに見つめるのでした。

テスがゲンと出会ってから最初の闇夜《やみよ》がやってきました。テスは姿《すがた》のないゲンとどうやって遊べばいいかわかりません。話だけと言ってもテスには特に話したいことなどないので、とても退屈《たいくつ》そうです。

「やあテス、そんなに待たせたかい？」

いきなり声がしたかと思ったら、岩屋の壁《かべ》にゲンの目と口だけが現《あらわ》れました。ゲンの屈《くっ》託《たく》のない呼びかけに気乗りしないテスは、

「そもそもぼくにとってアマスは厄介者《やっかいもの》なんだ。だからせっかくだけど、ぼく、そいつの世界なんて興味《きょうみ》ないから……」

ただおそろしいだけではなく、テスの楽しみまでじゃまするアマス。いつものように遊べないのがよほど不満なのか、テスのそっけない態度《たいど》にゲンも困惑《こんわく》ぎみです。

しかし、原因《げんいん》はそれだけではなかったのです。以前、お互《たが》いの話がかみ合わず、途切《とぎ》れてしまったのも確《たし》か、アマスのことが原因《げんいん》でした。そのことを思いだしたテスにとって、そんなまだるっこい話なんて退屈《たいくつ》以外の何ものでもありません。テスが気乗りしないのも

無理からぬことだったでしょう。テスの意外なことばにショックを受けたゲンは、語気を強めて言い返します。

「興味《きょうみ》ない？　おいらたち、せっかく友達になれたんだろう。だったらおいらがおまえのことをよく知りたいと思うのは、おかしいかい。もちろん、おいらのことだって知ってほしいさ。それには自分の思いをきちんと伝えて、相手のことにも関心を持つべきだろう」

ゲンは真剣《しんけん》です。そこまで言われたら、テスも返すことばがありません。

「以前、おいら、光の副産物《ふくさんぶつ》だって言ったのを覚えているかい。おいらたちは光とは切りはなせない関係なんだ。そこでおいらいい考えがひらめいたんだよ。おまえの知らないアマスの世界を知ってもらうことで、もしかしたらおいらの思いもわかってもらえるんじゃないかってね」

そう言うと、なぜかこんどは恥《は》じらうように言います。

「そしたら、おいらの長年の願いが叶《かな》うかもしれないんだぁ……」

ゲンの思わせぶりなことばが気になったテスは、からだをゆっくり起こします。

「それほどまで言うんだったら聞くけど、アマスの世界にはぼくの知らないおもしろいことや役に立つことでもあると言うのかい……いいかい、たとえあったとしても、ぼくはそこでは生きられないんだよ。だったらそれを知ったところで何になる？」

テスは言いつのります。

「な、何になるかって……まず、聞いてみて、試してみなければわからないだろう」

ゲンも言い返します。

なんだかゲンに言いくるめられたようで、テスはしゃくぜんとしません。しかし、テスにとっていまやゲンはかけがえのないパートナーであることには間違《まちが》いありません。

「わかったよ。君がそこまで言うんだったら……君にとって、アマスの世界はそれほど大事なところなんだ、ってことだよね」

テスは言いました。

「アマスは自《みずか》ら光を放《はな》つ特別なやつで、その威力《いりょく》はすごいんだ。その光を浴《あ》びたところがアマスの世界だよ。だけど、その光をさえぎるものがあって、初めておいらたちはアマスとは反対側に影《かげ》となって現《あらわ》れるんだ。だからおいらたちには形はあっても実態《じったい》なんてないのさ」

「さえぎるものって、どんなものでも？」

「ああ、たとえば小さいものは蟻《あり》んこから、大きいものは山や雲だって簡単《かんたん》なもんさ。その雲が空をおおってしまえば曇《くも》り空になって、おいらたちは影《かげ》の親分にのみこまれてしまうけど……ま、平たく言えば、ヨミの世界だって同じようなもんさ」

ゲンの話す内容《ないよう》すべてが理解《りかい》できるわけではありませんでしたが、それでもテスは耳をしっかり傾《かたむ》けます。

「じゃあ、なぜおいらが光の直接届《ちょくせつとど》かないヨミの世界にいられるのか、おまえが不思議がるのも無理ないけど、その謎《なぞ》を解《と》くカギはあの月さ」

そう言いながら、ゲンは天でこうこうと照る、まぁるく『明るいもの』を指しました。

「あの『明るいもの』はツキって言うのかい？」

「ああ、そして空一面できらめく小さなものが星さ。おいらたちのいるこの大きなかたまりだって、遠く離《はな》れたところから見れば、あの丸い月と同じ形をしていて、言ってみれば、天に散らばる星くずの一つにすぎないのさ」

「えっ！　ぼくたちが棲《す》んでいる世界があんな形をしていて、あ、あんなちっちゃなものと同じだって言うの？」

テスはここ天山から見て、このヨミの世界がいかに広いか知っていただけに、あぜんとします。

「月で言うなら、おいらたちがいま見ている明るいほうがアマスの世界で、アマスの光が届《とど》かない裏側《うらがわ》がヨミの世界さ」

「ぼくたちは裏側《うらがわ》？」

「まっ、そういうことになるかな。裏側《うらがわ》であっても近くにある月にアマスの光が当たって、それがはねかえってここに届《とど》くから、おいらたち影《かげ》の出番があるってわけだ」

「そうか！　君がまだぼくの影法師《かげぼうし》だったころ現《あらわ》れなかった日は、確《たし》かにあの月が見えなかった。そういえば雲でおおわれていたときだって……そうか、少し謎《なぞ》が解《と》けたよ」

「す、すごいじゃないか、テス。よく観察してたんだぁ」

「い、いやーたいしたことじゃないけどねー」

ゲンにほめられたので、テスはうれしくてたまりません。

「そうかー、月があんなに明るく見えていたのは、アマスのしわざだったのか……アマスってただの厄介者《やっかいもの》だけじゃなかったんだー」

テスは、アマスに対する印象《いんしょう》が少し変わりました。

「うん、だけどアマスの世界はただ明るいだけじゃないよ。すべてのものがくっきりと見えるんだ。だけどそれって、本当はおいらたち影《かげ》との絶妙《ぜつみょう》なバランスのたまものなんだ。それに、月や星があんなにきれいに見えるのも、暗いヨミの世界にあってこそさ」

「あ！　だから月のないときのほうが星は強く輝《かがや》いて見えたんだね」

「なーんだ、気づいていたのか」

ゲンは当てがはずれたようでした。

「フフフフフ……」

「ハハハハハ……」

テスは空を観察していただけで、ゲンとの会話がこんなに盛《も》りあがるとは思いもしませんでした。

「じゃあ、すべてのものがくっきりと見えるって言うけど、ぼくにとって怖《こわ》いだけのアマスには何があるの？」

急に関心がわいてきたテスに、〈しめた〉とばかりに、

「おい、おい、そんなにせかすなよ」

そう言いながらも、ゲンはまんざらでもなさそうです。そして知ることの喜びを知ったテスにも、まさにいま、新しい世界が開けようとしていました。


「いいかい、アマスはヨミとちがって、丸い形を持っているんだ。おいらたちの星はその周りをゆっくり回転しながら回ってるんだよ」

テスにはわかるような、わからないような内容《ないよう》でした。

「ところが、おいらたちから見れば月と同じように、アマスのほうが動いているように見えるんだなー。だからアマスの世界はそのアマスの位置によって朝、昼、夕と、周りの雰《ふん》囲気《いき》が変わるんだ」

「変わるって、どんなふうに？」

「そもそもアマスの光には不思議な力があって、その光を浴《あ》びると命あるすべてのものが

活気づくんだよ。朝のアマスは黄金色《こがねいろ》で、おいらたちも自分たちの出番にあたふたして、勢《いきお》いあまって伸《の》びきっちゃうけどね、へへー」

ゲンは茶目《ちゃめ》を入れます。

「その光が地上に届《とど》くと、花は蝶《ちょう》やミツバチなどの昆虫《こんちゅう》たちを引きよせるため甘《あま》い香《かお》りを放《はな》ったり、美しさに磨《みが》きをかけたりするんだ」

「ウツクシサニミガキヲカケル？」

「そうさ、ひときわ目立つようにさ。おかげで虫たちは蜜《みつ》や花粉のごちそうにありつけるんだ。鳥や獣《けもの》たちも思い思いの場所へ狩《か》りに出かけはじめると、おいらたちも急に忙《いそが》しくなるんだ。だけど白いアマスが真上からジリジリと照《て》りつけるころになると、なぜかおいらたちはモテモテさ。みんなおいらたちを求めて木の周りに集まってくるんだ。なんたって強い日差しからみんなを守ってあげられるのは、おれさまたちだからな。そのうちやさしい風でも吹《ふ》こうものなら、獣《けもの》たちといっしょにおいらたちもゆーらゆーら揺《ゆ》れながら、つい、うとうとしちゃうんだぁ……そして、いよいよアマスが去っていく夕方になると、燃《も》えるようなアカネ色で空が美しく染《そ》めあがるんだ」

「ねぇ、ねぇ、さっきから、ウツクシイ、ウツクシイって言ってるけど、どういう意味?」

花や空が美しいと言われても、夜空とススキノ原の花ぐらいしか知らないテスにはそのイメージがつかめなかったのです。

「う、うーん」

ゲンは説明に困《こま》りました。

「そうだなー、それを見た瞬間《しゅんかん》、胸《むね》がきゅーんとしめつけられるような心地《ここち》よさなんだよ。そしていつまでもその心地《ここち》よさに浸《ひた》っていたいんだなぁー」

テスはそのときピーンとくるものがあり、思わず顔がほころびました。

「なぁーんだ、あの星はアマスの世界では地上にあったのか!」

以前、星を眺《なが》めていたとき、似《に》たような気分を味わっていたテスはすかさず言いました。

「ほ、星? そうか! 星は地上の花と同じくらいテスの心をとらえていたのか……でもアマスの世界に咲《さ》く花はいろんな色が鮮《あざ》やかで、形もさまざまなんだ。しかもそれぞれに個性《こせい》ってもんがあるのさ。たとえば、光を多く好む花は陽気なんだ。華《はな》やかで明るい衣《い》装《しょう》を誇《ほこ》らしげにつけて、堂々と咲《さ》くのさ」

「華《はな》やかで明るい？」

「ああ。逆《ぎゃく》に日陰《ひかげ》を好む花はしとやかなんだ。淡《あわ》く繊細《せんさい》な衣装《いしょう》で身を包み、強い日差しを避《さ》けるようにひっそりと咲《さ》くんだ」

「淡《あわ》く繊細《せんさい》？」

「そうさ。そして高い山に咲《さ》く花はりりしいんだ。からだは小振《こぶ》りでも、鮮《あざ》やかな衣装《いしょう》をまとっていられるのは、厳《きび》しさにたえぬく力を秘《ひ》めているからさ」

「鮮《あざ》やかな？」

テスはゲンの話を聞きながら、頭のなかで一生懸命《いっしょうけんめい》花のイメージをつかもうとしますが、色のない世界に棲《す》むテスには、やはり無理なようでした。

「あーあ、やっぱりことばだけじゃ無理だよなぁ……わかった！　次の満月の夜、おいらの好きな花を見せてやるよ。なんたっておいらは不死身だからな」

ゲンは妙《みょう》に張《は》りきっています。なんだかテスまでその日が待ちどおしくなってきました。

いよいよ待ちに待った満月の夜です。

「やあーテス、今日《きょう》の気分はいかがかな」

約束どおり花を手に現《あらわ》れたゲンは、いつもとちがってかしこまった態度《たいど》です。しかもゲンの周りはなんとも言えない甘《あま》い香《かお》りが漂《ただよ》っています。テスは甘《あま》い香《かお》りに酔《よ》っぱらいそうでした。

「これが向こうから持ってきた花だよ。これでも花たちの機嫌《きげん》をそこねないように、運ぶのに苦労したんだぜ」

そう言いながら、ゲンは両手を添《そ》えてそっと差しだしました。花たちは月の光を浴《あ》びて、実に誇《ほこ》らしげです。そして甘《あま》い香《かお》りの原因《げんいん》はこれだとすぐわかりました。

「こ、これが花？」

目の前に差しだされた花束《はなたば》にテスは鼻を近づけ、いつものくせでつい鼻をヒクヒクさせてしまいました。

「うっ……」

香《かお》りは少し離《はな》れて嗅《か》いだほうが心地《ここち》いいことがわかりましたが、花は花でもアマスの花たちは、テスが思いえがいていたものとはまるでちがいました。

つややかな花びらは単に一重《ひとえ》だけではなく、二重《ふたえ》に八重《やえ》にと重なり、ふっくらくるんだり、しなやかにそったり、実に優雅《ゆうが》です。鮮《あざ》やかな色は目を、放《はな》つ香《かお》りは鼻を心地《ここち》よく刺《し》激《げき》し、花に添《そ》う葉や茎《くき》は、これ見よがしに花をより引き立たせています。どの花も、どこから見ても完璧《かんぺき》でした。

「こういうことだったのか……ウツクシイって」

テスはつぶやいていました。ゲンは初めて見るテスの満足そうな表情《ひょうじょう》を見逃《みのが》しません。すかさずゲンは高ぶる感情《かんじょう》を抑《おさ》えながら、テスの耳元でささやきます。

「だろう……おいら見ているだけで幸せな気分になれるんだぁー。でも美しいものは花だけじゃないんだ。獣《けもの》や昆虫《こんちゅう》たちだってみんな輝《かがや》くような美しさを持っているんだ」

「えっ、獣《けもの》や昆虫《こんちゅう》も？」

「テス、この星が回転しているのはもう知っているだろう。それはね、この星のすべてをアマスに照《て》らしてほしいからさ。そう、美しいものであふれているこの星をみんなに知ってほしいのさ。きっとそうだよ……でも、その美しさに気づいてくれるものがいなくなったら、そう、意味がないだろう。そうなったら、この星は消えてしまうんじゃないかって、おいら気が気でならなかったのさ。だから、おいらこの喜びをいっしょに分かち合える仲間がどうしてもほしかったってわけさ。あーあ、これでおいらの願いがやっと叶《かな》ったよ」

テスはゲンの満足そうな顔を初めて見ました。このとき、テスもゲンと共感し合えたことにホッとし、自分にちょっぴり誇《ほこ》りさえ感じていました。

「ゲン、もしアマスがいなくなったらどうなるのかなぁ……」

ゲンは確《たし》か光の副産物《ふくさんぶつ》だったはず、それを思うとテスはふと不安になりました。

「いなくなる？　そんなこと想像《そうぞう》さえつかないよ。それくらいゆるぎない恵《めぐ》みをなんて言うか知ってるかい」

テスはただ首を横に振《ふ》るしかありません。

「これが本当の愛さ」

「アイ？」

テスはつぶやきます。

「大地を埋《う》めつくす、この愛らしいネモフィラは、晴れた日の空の色なんだ。この鮮《あざ》やかなポピーは、アマスを迎《むか》えたり、見送ったりするときの焼《や》けた空の色だよ。そして、この気高《けだか》い香《かお》りを漂《ただよ》わせているリリーは、おいらにとっちゃ憧《あこが》れの白さ」

ゲンは、それらの花をいつくしみながら見つめます。確《たし》かに星の美しさとはちがって色や香《かお》りも楽しめ、しかも直接《ちょくせつ》ふれられる花はとても魅力的《みりょくてき》でした。

その後、アマスの恵《めぐ》みを受けたもう一つの世界に、ますます興味《きょうみ》を抱《いだ》くようになったテスは、そこで生きられる生きものたちがちょっぴりうらやましく、その世界を一目《ひとめ》見てみたいと思うようになりました。

ある日、遊びに夢中《むちゅう》になっていたテスたちは、偶然《ぐうぜん》、小さな滝《たき》を見つけました。そこは奥《おく》に入《い》りくんだゆるやかな斜面《しゃめん》で、そこら一帯《いったい》には、ここでは珍《めずら》しく青々した草が群《むら》がっていました。テスは天山にもこんなオアシスみたいな場所があったことにおどろきました。テスがまともに食べられそうな草を見るのは久《ひさ》しぶりのことだったので、思わず生《なま》つばを飲みこんでしまいます。

かけよってみると、それはシダによく似《に》た草でした。テスは食べられるかどうか、よく嗅《か》いでから口にします。まちがいありません。やはり根のついたものは、みずみずしさや歯ごたえからしてちがいます。

テスはここでくらすようになってから、食べものは、ノラがときどき運んでくれる食料以外、ほとんどが木の皮や根っこだっただけに、育ち盛《ざか》りの子ウサギにしてはやせすぎでした。そのテスが久々《ひさびさ》の満腹《まんぷく》感を得られたのは言うまでもありません。

テスは来る日も来る日もここにやってきてはお腹《なか》を満たしています。そして、なぜか岩屋の奥《おく》にはノラが届《とど》けてくれた食料が、無残《むざん》にも枯《か》れ果てたまま放置してあります。いまとなっては新鮮《しんせん》なシダがいつでも食べられるようになったというのに、相変わらずノラが置いていった食料を、岩屋に持ち帰ります。そんな理解《りかい》に苦しむテスの行動はその後も続きました。

それからしばらくたったある日、テスにとって、あってはならないことが起きてしまいました。

「ない。ない。どうして今日《きょう》もないんだ。ああー、ぼくはどうすればいいんだ」

ノラが届《とど》けていた食料が、ここにきてぱったり途絶《とだ》えてしまったのです。でも、シダのたくさん生えているところが見つかったからには何も問題はないはずですが、テスの取り乱《みだ》しようは異常《いじょう》です。

本当のところ、テスはノラとの約束を忘《わす》れていたわけではありません。悲しいことに、自分がここに連れてこられ、下界《げかい》と切り離《はな》されたことに対する割《わ》りきれない気持ちが、まだテスには残っていたのです。ですから、テスにとってノラが運んでくれる食料こそ心のよりどころだったのです。自分がノラとの約束を実行すれば、もうノラはここに来る必要がなくなります。それは下界《げかい》とのつながりが完全に断《た》ちきられてしまうことを意味し、それこそがテスの最もおそれていたことでした。その恐怖感《きょうふかん》がノラとの約束を果たすことを思いとどまらせていたのです。

しかし、ノラからの食料が途絶《とだ》えたいま、テスは、

〈もともと母さんは、こんなぼくなんか、早く見切りをつけたかったんだ。いや、ちがう。もしかしたら母さんの身に何か起きてしまったのだろうか〉

などと怒《いか》りと不安が交互《こうご》に起こります。テスの落胆《らくたん》ぶりは大きかったものの、でも、ここではどうすることもできませんでした。

第四章　悲しみ

ノラが麓《ふもと》に現《あらわ》れなくなってから、すでに多くの日がたっていました。このころになると、さすがにテスもノラのことを思いだすことはなくなりました。

そんなある日、テスとゲンがいつものように遊んでいたときのことです。テスの何気《なにげ》なく注がれた視線《しせん》は、こちらに向かっている小さなものをとらえました。

「おやっ！　あれはなんだろう」

テスは身を乗りだします。

〈もしかしたら、新しい仲間でも来たのかな？〉

気になるテスは一刻《いっこく》も早く確《たし》かめようと、ゲンを誘《さそ》ってすぐさま下りていきます。途《と》中《ちゅう》まで来ると、やはり、一匹《いっぴき》の獣《けもの》のようです。だとすれば、テスがこの山で自分以外の獣《けもの》を見るのは初めてのことです。テスが期待に胸《むね》をおどらせながら近づいていくと、なんと、それは一匹《いっぴき》のウサギでした。それもテスが見まちがえるほどやせ細ったノラでした。

ノラもわが子テスの姿《すがた》を見つけると、

「テス、テス、無事《ぶじ》だったんだね、おまえ」

逆《ぎゃく》にたくましく成長したわが子にかけよります。

「母さん、母さんだよね。ぼくなら、ほら、こんなに元気だよ。母さんこそ何かあったんじゃないかって、ぼく心配で……」

予想さえしなかった再会《さいかい》に、テスも胸《むね》がつまります。

「おまえにね、かわいい妹の赤ちゃんができたんだよ。そのミリーが、やっと巣立ちができてね」

ノラはここに来るまでずいぶん無理をしたらしく、やつれた姿《すがた》からもその苦労が見てとれました。ノラは赤ちゃんに濃厚《のうこう》なお乳《ちち》をあたえるため、自分もしっかり栄養をつけなければならず、しかも、赤ちゃんのもとから遠く離《はな》れるわけにはいかなかったのです。

「そうだったのか、ぼくに妹かぁ……」

ノラが自分を見捨《みす》てたわけではなかったことがわかると、テスは安心したのか、こんどはノラや妹のことが気になりだしました。そして、すぐさまノラをここから立ち去らせようとします。

「母さん、ぼくのことならもう心配しないで。母さんにはまだ知らせていなかったけど、食べられる草が見つかったんだ。だから、母さんはもうここに来る必要はなくなったんだよ。だから、ね、早くミリーのもとへ帰ってあげて」

テスはノラをせきたてるように言います。ノラも見ちがえるほどたくましくなったわが子を見られてホッとしたのか、素直《すなお》にテスのことばにしたがいます。テスは途中《とちゅう》まで見送りましたが、ここまでと決めていたのか、いきなり足を止め、そのままノラの後ろ姿《すがた》を見守り続けます。


ノラが麓《ふもと》に着き、天山からはなれたそのときです。

「ギャーン、ギャーン」

けたたましい金属音《きんぞくおん》が山中にとどろきました。耳障《みみざわ》りな音とともに空からはすべての星が消え、そこには大きな青い満月だけが冷たく浮《う》かび上がっています。辺りが異様《いよう》な明るさに変わると、空気まで一変します。これから何が起きようとしているのか、その不気味《ぶきみ》さにテスはわなわなと震《ふる》えだしました。

その時、山頂《さんちょう》辺りから暗雲《あんうん》が垂《た》れこめだすと、そのなかに赤く光るものが二つ、うねるように下に向かっています。しかもその背後《はいご》には、得体《えたい》の知れない影《かげ》が見え隠《かく》れしています。なんと、雲の切れ目から現《あらわ》れたのは、白く長い毛におおわれた大きなトラでした。その赤く光っていたものは、怒《いか》りに満ちたトラの目だったのです。しかも、トラの背《せ》には不死の霊力《れいりょく》を漂《ただよ》わせる赤い翼《つばさ》がついていて、まさに百戦錬磨《ひゃくせんれんま》を思わせる物々《ものもの》しさです。

実はこのトラ、天山の守護神《しゅごしん》キドラでした。普段《ふだん》は山頂《さんちょう》を棲《す》みかとし、そこにかかる雲海《うんかい》をかけまわり、山頂《さんちょう》にある霧《きり》をはむ穏《おだ》やかな霊獣《れいじゅう》でした。しかし、いまはこの山に登ったものは二度と戻《もど》れないという禁《きん》をおかしたものに制裁《せいさい》を加えるため、怒《いか》りの化身になっていたのです。

あろうことか、そのキドラはすでにテスの目前までせまっていました。テスは逃《に》げようにも恐怖《きょうふ》で全身が固まり、身動きひとつできません。なのに、キドラはテスを間近《まぢか》にしても目もくれず、かすめ去ります。

「ギャーン」

その日に罪《つみ》なるものをとらえたキドラは、怪音《かいおん》とともに翼《つばさ》をたたみ、荒野《こうや》におどりでました。背後《はいご》に追っ手がせまっていることに気づいたノラは、最後の力を振《ふ》り絞《しぼ》って走り続けます。しかし、走るのが苦手なウサギです。キドラにとって、こんな獲物《えもの》をとらえることなどわけありません。キドラは余裕《よゆう》の走りで先回りし、いとも簡単《かんたん》にとらえてしまいました。

その一部始終《いちぶしじゅう》を見ていたテスは、一瞬《いっしゅん》、目の前が真っ暗になり、その場にへたりこんでしました。一方、キドラはあっけなく終わった制裁《せいさい》に拍子《ひょうし》抜《ぬ》けしたかのようです。

「ギャーン」

キドラはおたけびを上げると、ピクリともしなくなったノラを口にくわえ、テスのいる天山へ早々《はやばや》と引き上げていきます。天山に着いたキドラは登りながら、いま、テスの目の前を通りすぎていきます。衝撃《しょうげき》のあまり放心状態《ほうしんじょうたい》のテスは、しばらくそこから動くことはできませんでした。

テスがわれに返ったときにはすでにキドラの姿《すがた》は消えていて、月や星も何ごともなかっ

たように、いつもの空に戻《もど》っていました。

「う、う、う……」

時間がたつにつれ、テスはノラを失った悲しみ以上に、自分のおかした過《あやま》ちに打ちのめされていました。

「母さんは、母さんはぼくのせいで……ぼくが約束さえ守っていればこんなことには……」

涙《なみだ》がせきを切ったようにあふれ出ます。

「なんで、なんでぼくなんか生まれてきたんだ。ぼくなんか、最初から生まれてこなきゃよかったんだ。うぅー、うぅー……」

自分を責《せ》めるいまのテスは、ただ泣くしかありません。その泣き声は静かな天山にいつまでもひびきわたり、まるで天山そのものがうめいているようでした。

《テス、テス、テスや………》

はじめ、テスは空耳《そらみみ》かと思いました。

《テス、もう泣くのはおやめ。おまえに会いたい思いを遂《と》げられたノラの死を、なぜおまえは嘆《なげ》く。ノラは「生けるしかばね」になりたくなかっただけ……だけどおまえはノラの死をムダにしてはならない》

確《たし》かにテスの耳にはそう聞こえました。これが初めて耳にするヨミのことばでした。しかし、そのことばの意味を、いまのテスには理解《りかい》する余裕《よゆう》などありません。

その後も、テスは後悔《こうかい》と罪《つみ》の意識《いしき》から抜《ぬ》けだすことはできませんでした。

テスのそんな思いを知っているのか知らないのか、今日もゲンはひょうひょうと現《あらわ》れます。そして岩屋のなかにいるテスに声をかけます。

「やあテス、今日《きょう》はどこに行く?」

と誘《さそ》います。すると、

「今日は、やめとく」

「そうか、じゃあまた明日」

次の日、ゲンはまた誘《さそ》います。

「今日は一本松の岩登りに挑戦《ちょうせん》してみないか？」

「ああ、またにするよ」

相変わらずテスの返事には元気がありません。

「じゃあ、またこんど」

ゲンはそう言いながら帰っていきます。

ところが、ゲンは次の日もやってきます。

「やあテス、今日は久《ひさ》しぶりにコケ谷に行って、思いっきり滑《すべ》ってみないかぁ」

コケ谷はテスのいちばんお気に入りの場所だったので、以前のテスならすぐに乗ってくるところでしたが、

「今日はそんな気分じゃないんだ」

返ってくるのはいつものそっけない返事です。

「じゃあ、またいつかなー」

ゲンは今日も帰っていきます。

こんなやり取りが続くなか、テスは、

〈さすがに明日はもう来てくれないだろう〉

と、思っていました。

ところが、次の日も、

「やあテス、こんどおいらと足の速さを競《きそ》ってみる気はないか？」

テスの予測《よそく》はみごとに裏切《うらぎ》られました。

「そういえば、仲間うちでおまえに敵《かな》うものはいなかったんだろう。でもアマスの世界では、その程度《ていど》の速さじゃ自慢《じまん》にもなりゃしない。いくらおまえがアマスの世界に憧《あこが》れても、せいぜい肉食獣《にくしょくじゅう》のえじきになるだけだ。しょせん、おまえらウサギはヨミの世界でしか生きられない、あわれな生きものなのさ」

今日のゲンは無神経《むしんけい》にも、気落ちしているテスを挑発《ちょうはつ》してきます。無邪気《むじゃき》なころのテスとはちがい、さすがにかんにさわったのか、テスは岩屋から出てきました。

「ああ、相手にとって不足はないね」

なんと、テスはゲンの挑発《ちょうはつ》に乗ってきました。確《たし》かに足の速さには自信があったものの、テスは本当の力はまだ試したことがありません。

「実体のないおいらには、岩場を登ったり下りたりすることなどわけないさ。おまえがおいらに挑戦《ちょうせん》する気があるんだったら、中途半端《ちゅうとはんぱ》な努力じゃ無理だ。まず、その取ってつけたような後ろ脚から鍛《きた》え直すんだな」

どうやらゲンは手加減する気はなさそうです。

よほど悔《くや》しかったのか、このときからテスはまるで何かに取りつかれたように、来る日も来る日も岩山を登ったり下りたりジャンプしたり、血のにじむような努力を続けました。

さすがのゲンも、テスの変わりようにはおどろきました。

日を追うごとにテスのからだは鍛《きた》えられ、見ちがえるほど均整《きんせい》のとれたたくましい姿《すがた》になってきました。一見やせたようにも見えるのですが、それは大きくなった後ろ脚とのバランスを取るために、おのずと前脚まで長くなっていたのです。いまでは大きな岩など、ひとっ跳《と》びで、走れば風を切るような速さです。加えて、耳もなびくほどに伸《の》び、しなやかに跳《と》ぶ姿《すがた》はまるで鳥のようでした。顔からは以前の幼《おさな》さは消え、そこには精《せい》かんな顔つきのテスがいました。

テスは、もともと不死身のゲンに勝てるなどとは思っていませんでした。そのテスが挑《ちょう》発《はっ》に乗ったのは、やはり、ゆるぎないゲンの愛にこたえずにはいられなかったからです。

ズズズズズー。

ドドドドドー。

ゲンとの競走を目前にひかえたある日、岩屋で寝《ね》ていたテスの耳は地鳴りのような不気《ぶき》味《み》な音をとらえていました。以前からこのような音は感じていましたが、その音はだんだん強くなっているのです。この音がどうも気になってしかたないテスは、さっそくゲンに話してみました。

「ふーん、やはりおまえの耳は特別らしいなぁ、おいらにはさっぱり聞こえやしない。だけど、もし何かが起きているならば、アマスの世界が見つけやすいはずだ。よし、勝負は当分おあずけだ。何か変わったことがないか、おいらちょいと見てくるよ……あー、どうせついでだ、シイの森のミリーの消息《しょうそく》もな」

と言ったかと思えば、もう消えていました。

「ゲンのヤツ……」
親を失った子ウサギが、いまも無事《ぶじ》でいられるとは限《かぎ》りません。
〈どうか無事《ぶじ》であってほしい〉
ミリーの安否《あんぴ》を気づかうテスのために、ゲンはミリー探《さが》しを買ってでたのです。
その日からゲンの帰りを待ちわびるテスにとって、長い一日が始まりました。しかし、
ゲンが岩屋に戻《もど》ってくるまで、それから数日待たねばなりませんでした。

「どうだい？　何か変わったことなかったかい。そしてミリーは……」
岩屋の壁《かべ》に戻《もど》ったゲンを見るなり、テスは詰《つ》めよります。
「まあまあ、落ち着いてくれ。ふぅー」
そういうゲンも一息入れます。
「こう見えても、おいらずいぶん苦労したんだぜー。広い森や山を隅《すみ》から隅《すみ》まで調べてま
わるのにも、限界《げんかい》ってもんがあらーな。だからおいら、でっかい雲の影《かげ》にへばりついて、
休まずに調べていたのさ。けど、北にある山のてっぺんから白い煙《けむり》みたいなものが上がっ

ていたぐらいで、他《ほか》はいつもと変わらずさ。森の生きものたちだって……そうそう、シイの森におまえの仲間たちからミリーと呼《よ》ばれていた子ウサギがいたけど、あの子がおまえの妹だったんだな、きっと」

ゲンはつぶさに報告《ほうこく》してくれました。

「えっ、ミリーが生きていた！」

ほぼあきらめていただけに、それは何よりうれしい知らせでした。そうなると、なおさらその白い煙《けむり》を上げている山のことが気になります。そのとき、テスは思いだしました。

「その山って、まさかてっぺんが白い山じゃないだろうな！」

「えっ、白い煙《けむり》はてっきりそのせいだと、おいら思っていたよ」

テスは何を思ったのか、突然《とつぜん》岩屋から飛びだしていました。そして、これまで挑《いど》む気さえ起きなかった頭上の絶壁《ぜっぺき》をじっと見つめていたかと思うと、一気《いっき》にかけ登りました。四本の足のツメを岩肌《いわはだ》に引っかけながら、上へ上へとしなやかに登っていきます。その姿《すがた》は、まるで高い木を物ともせずよじ登っていくリスのようでした。

ようやく山頂《さんちょう》にたどり着くと、暗い闇夜《やみよ》に弓なりの月が心細く横たわっています。その下の一角に、淡《あわ》い紅色《べにいろ》に染《そ》まっている場所があります。それが何を意味するのかテスには見当すらつきません。

《これは太古《たいこ》の昔から営《いとな》まれてきた、大自然の息吹《いぶき》に他《ほか》ならない。いまはたいした規模《きぼ》ではないが、いずれあの山頂《さんちょう》付近から大量の噴煙《ふんえん》が噴《ふ》きだし、やがて大爆発《だいばくはつ》が起こるであろう。山はくずれ、高温の石や灰《はい》が四方に飛び散り、大地には溶岩《ようがん》が流れでる。そうなれば山すその木々はなぎ倒《たお》され、周りの森のほとんどが火の海となる。ゆえに、広い範囲《はんい》の生きものたちが巻《ま》き添《ぞ》えになることは避《さ》けられまい。いま、起きている現象《げんしょう》はまさしくその前ぶれ……ただし、幸運なことにここにいるおまえにはなんのかかわりもないこと。だからテス、おまえは安心するがいい》

また、ことばがひびいてきました。

「周りの森って？　シイの森もあるじゃないか」

テスは想像《そうぞう》しただけでからだがこわばります。そのとき、テスの頭に浮《う》かんできたのは、ミリーをはじめとするシイの森の仲間たちが、炎《ほのお》のなかを逃《に》げ惑《まど》う悲惨《ひさん》な様子《ようす》でした。

しかもあの山は、以前ノラから聞いたことのあるハクサンのことで、その麓《ふもと》にはエルク

たちや多くの生きものがいるはずです。それがわかると、テスは居《い》ても立ってもいられず、すぐさま岩屋に下りていきました。

テスは、これまで自分が生まれ育ったシイの森のことは、思いださないようにしてきました。特に仲間たちのことは古傷《ふるきず》にふれるようで。ところが、ヨミのことばを聞いてから、なぜかシイの森の景色や、仲間たちの姿《すがた》が生々《なまなま》しく浮《う》かんでくるのです。しかも、あのときの仲間たちとの苦い思い出は、いまのテスにとっては懐《なつ》かしくさえ思えるのでした。泣いたり、笑ったり、怒《おこ》ったりしながら、ある期間にかかわり合っただけなのに、次から次へとわき起こる思いにテスの頭は占拠《せんきょ》されました。

テスは岩屋から出てくると、すぐさまゲンのもとにかけより、ヨミが知らせてくれたことを一つ残らず伝えました。ところが、次にテスの口から出てきたのは、意外なことばでした。

「だから、このことを一刻《いっこく》も早くみんなに知らせたいんだ」

横でくつろぎながら聞いていたゲンは、おどろいて飛び起きました。

「おまえの言っていることは正気《しょうき》かい？　確《たし》かに下界《げかい》では一大事かもしれないけど、少なくともここにいるおいらたちには影響《えいきょう》はないんだろう。まっ、ミリーには同情《どうじょう》するけど……でも、知らせると言っても、ウサギのおまえにいったい何ができるって言うんだい」

「な、何ができるかって、そんなこと試してみなけりゃわからない……じゃなかったのかい？」

ゲンはどこかで聞いたような文句《もんく》に、開《あ》いた口がふさがりません。

「しかしみんなって、おまえの仲間たちもかい？」

「もちろんさ」

「えっ、そもそもおまえはヤツらのせいでここに来るはめになったんじゃないのかぁ」

テスがなぜここ天山に来ることになったのか、以前そのいきさつを聞いていたゲンだけに、納得《なっとく》がいかないようです。

「確《たし》かにぼくはみんなからひどい仕打ちを受けたさ。だけど楽しいこともたくさんあったんだ」

「そうは言っても、まさかおまえ、自分の母親がこの山を下りた瞬間《しゅんかん》、どういうことになったか、忘《わす》れたわけじゃないだろう？」

「もちろん。思いだしただけで気がめいるよ」

テスは深いため息をつきます。

「おまえのことが気がかりでここまで登ってきたけど、その結果、あんな目にあったんだよな。かわいそうに」

ゲンはあからさまに言います。

「でも、母さんはこの山に登れば、自分の身がどうなるかは知ってたんだよ」

「じゃあ、おまえのために自ら犠牲《ぎせい》になったってわけだ」

「ぼくも初めのころはそう思っていたよ。だけど、そうとも言いきれないんだ」

「て、言うと？」

「これから起きる災《わざわ》いを知ったとき、ぼくはこのまま見過《みす》ごすべきかどうか、ずいぶん迷《まよ》ったんだ。もしかしたらあのときの母さんも、ぼくと同じ気持ちだったかもしれないな。結局、ぼくも母さんと同じ道を選ぼうとしているけど、決して犠牲《ぎせい》なんかじゃない」

「犠牲《ぎせい》じゃない？　それじゃなんなんだ」

ゲンにはテスが何を言いたいのかわかりません。

「ぼくはここに来てわかったことがあるんだよ。そもそもぼくがここに来ることになったのは、仲間たちから受けた仕打ちがきっかけだったけど、ぼくが過《あやま》ちをおかしたわけじゃない。ぼくがおかした過《あやま》ちはここで母さんを試したことさ。そう、ぼくの弱さがそうさせたんだ。そんなぼくだけが、ここでのんびり生きていられるわけがないだろう。こんどはもう逃《に》げたくないんだ」

さらにテスは声を振《ふ》り絞《しぼ》るように言います。

「でも問題はあのキドラの追撃《ついげき》をどうかわすかだね。かと言って、ここで手をこまねいている余裕《よゆう》なんかないんだ。それに、ゲン、君との勝負に備《そな》えて鍛《きた》え上げたこのからだ、このまま試さないわけにはいかないだろう？　やれるだけのことをするだけさ」

見上げるだけであきらめていた山頂《さんちょう》に難《なん》なく登り、体力にもすっかり自信をつけたテス。

キドラに挑《いど》む気がまえは十分のようです。

ゲンはしばらくの沈黙《ちんもく》を破《やぶ》り、おもむろに切りだしました。

「なるほどー、自信がおまえを変えたようだな。しかし、キドラからたとえ逃《のが》れられたとしても、おまえが救いたいみんなって、ヨミの生きものとは限《かぎ》らないだろう？　アマスの生きものにくらべれば、ヨミの生きものなんて物の数じゃないんだぜ」

このときテスは、この噴火《ふんか》がヨミの世界だけでなく、アマスの世界まで被害が及《およ》ぶらしい規模《きぼ》であることを知り、ゲンのことばにすっかり打ちのめされてしまいました。

「……なんてぼくは浅はかで無力なんだろう」

ゲンもテスの落胆《らくたん》ぶりに返すことばがありません。

そのとき、またことばがひびいてきました。

《テス、おまえの長い耳や毛の色は高い温度や強い日差しには役立っても、その目はどうすることもできない。もともとヨミの生きものたちは、アマスの世界では命の保証《ほしょう》さえないのです。それでも、おまえは火を噴《ふ》く山に向かうと言うのですか？》

「は、はい。もう後へは引けません」

テスは、ためらうことなく答えます。

《わかりました。では、おまえの尊《とうと》い決意がムダにならないよう、わたしも情《なさ》けを持って

手助けすることを約束しよう》

ヨミのことばにテスが奮《ふる》いたったのは言うまでもなく、まるで千人力《せんにんりき》を得た思いでした。

「ありがとう……ヨミ」

「しかたないなー、ヨミがそこまで肩入《かたい》れするんだったら……どうせおいら、おまえとはもともと切っても切れない仲だったんだ。それにおいら、願いごとも叶《かな》ったことだし、何も思い残すことはないよ。そうと決まったら早いとこ出陣《しゅつじん》だ。おいらも陰《かげ》ながら応援《おうえん》するよ」

ゲンはそう言うと、テスの前に立ちました。

「テス、ここでおまえと友達になれて、おいら、うれしかったよ。ありがと……」

ゲンは、自分が声をつまらせたこと自体、意外でした。

「ぼくこそ、ありがとう。ここでもいろんな試練があったけど、君のやさしさでぼくは乗り越《こ》えられたんだ。しかも、ぼくを無知の闇《やみ》からも救ってくれた。君にはいくら感謝《かんしゃ》してもしきれないよ。でも、ぼくが何よりうれしかったのは、君がいつもぼくのそばにいてくれたことさ」

テスはそう言いながらゲンをじっと見つめました。

「ああ、これからもおいらたち、ずっといっしょさ」

ゲンはそう言うと、すぅーっともとの不自由な影《かげ》に戻《もど》りました。

「じゃあ、ゲン、ともかくこの山を下りるとしよう」

テスは自分の足元に戻《もど》ったゲンに話しかけましたが、もう返事は返ってきませんでした。

第五章　逃げろ！

麓《ふもと》に下り立ったテスは、ノラの惨事《さんじ》を目にしたあのころとはちがいます。しかし、身を隠《かく》すことのできない荒野《こうや》を前に、これから起きることを想像《そうぞう》しただけでテスは武者震《むしゃぶる》いしました。目指すのはハクサンです。そして前方《ぜんぽう》の森に目をすえると、一気《いっき》に走りだしました。

いま、テスの行動が、守護神《しゅごしん》キドラの逆鱗《げきりん》にふれました。

ギャーン、ギャーン。

またもや、けたたましい怪音《かいおん》が山中にとどろきます。空にはあのときと同じ青い月が不気味《ぶきみ》な明るさで浮《う》かび上がっています。異様《いよう》な明るさと同時に、山頂《さんちょう》からはすでに暗雲《あんうん》が垂《た》れこめ、目を赤く光らせたキドラが現《あらわ》れました。その目はすさまじい怒《いか》りで、再《ふたた》び罪《つみ》なるものを追い求めます。

ギャーン。

二度目のけたたましい声が天山に鳴りひびきました。どうやら、すでに荒野《こうや》をひた走る小さな標的を発見したようです。キドラは標的が前回と同じウサギだとわかると、悠然《ゆうぜん》と荒野《こうや》におどりでます。長く白い毛は形相《ぎょうそう》に似《に》あわず、まるで宙《ちゅう》に舞《ま》うような優雅《ゆうが》さです。

先を走っているテスも、平らな場所で思いっきり走るのは久《ひさ》しぶりのことです。テスは鍛《きた》え上げた大きな後ろ脚を強く蹴《け》り上げながら、前脚を先へ先へと伸《の》ばすと、自分でも信じられないくらい加速《かそく》していくのがわかりました。

キドラはここでテスとの距離《きょり》がほとんど縮《ちぢ》まっていないことに気づくと、

ギャーン。

あわてて速度を切りかえ応戦《おうせん》します。じわじわと縮《ちぢ》まる二者の距離《きょり》。しかし、テスの〈もっと速く、もっと遠くに〉その高ぶる気持ちと肉体が一つになったいま、ピッチはさらに上がり、テスは初めて自分の限界《げんかい》に挑《いど》みます。速い速い、まさに疾風《しっぷう》のごとく、これがテスの初めて見せた生へ執着《しゅうちゃく》でした。こうなると、テスとキドラの距離《きょり》はいっこうに縮《ちぢ》まりません。

しかし、百戦錬磨《ひゃくせんれんま》のキドラです。次なる手は、なんと背《せ》についている赤い翼《つばさ》を広げはじめました。そして大きく羽ばたきながらゆっくり宙《ちゅう》に舞《ま》い上がります。どうやらこんどは空から追いつめるようです。

翼《つばさ》を羽ばたかせるたびにスピードは加速し、最強の攻撃態勢《こうげきたいせい》です。からだの大きさからして、またたく間にキドラとテスの距離《きょり》は縮《ちぢ》まっていきます。ひた走るテスがとらえられるのも時間の問題です。

ついにテスが射程《しゃてい》内に入ると、キドラはスピードをゆっくり落とし、低空飛行《ていくうひこう》に切りかえます。テスのからだはすでにキドラの真下にあり、そこにキドラの大きな脚が下りてきました。テス、空前絶後《くうぜんぜつご》のピンチです。

そのときです。するどいカギ爪《づめ》のついた足の影《かげ》が地面にくっきりと映《うつ》りました。きっとゲンのしわざです。ゲンはテスのからだからキドラのからだに乗りかえると、正確《せいかく》な影《かげ》を地にくっきり映《うつ》します。キドラのカギ爪《づめ》がゆっくりと開きました。

「いまだ！」

テスはこの瞬間《しゅんかん》をぎりぎりまで待って、横に大きくジャンプします。キドラが〈してやったり〉と思ったのもつかの間、テスはとんでもないところを走っていました。キドラは、

なぜこうなったのか事情《じじょう》をのみこめないまま、あわてて高度を上げていきます。そしてすぐさま向きを変え、体勢《たいせい》を立て直します。その間にテスは森をめがけてひたすら走ります。キドラは鼻息を荒《あら》げ、その後も矢継《やつ》ぎ早《ばや》におそってきますが、テスはそのたびに影《かげ》を見ながら、右にひらり、左にひらりと、うまく身をかわします。

その後も意表を突《つ》いたテスの動きに振《ふ》り回され、キドラの苦戦は明らかでした。ゲンの援護《えんご》のかいもあって、お互《たが》い気の抜《ぬ》けない攻防戦《こうぼうせん》がくり返されるなか、テスは目の前にせまる森のなかに跳《と》びこみます。

そうなるとキドラは、これ以上の追跡《ついせき》はさすがにあきらめたのか、

ギャゥーン……。

ひと鳴きすると、悔《くや》しそうに天山のほうへ引き上げていきました。持てる力を使い果たしたテスは、感極まってからだの震《ふる》えが止まりません。

やがてふと気がつけば、辺りは温かい月明かりとともに、いつもの夜空に戻《もど》っています。

そして、不思議なことにあの青い天山は跡形《あとかた》もなく消えていました。

「やったーやったぞー。ゲン、君のおかげで最初の難関《なんかん》を突破《とっぱ》できたよ」

テスはその喜びをしみじみとゲンと分かち合いました。

テスが森の奥《おく》にどんどん踏《ふ》みこむと、周りの土や草木のにおいがそこらじゅうに漂《ただよ》っていて、目に入るすべてのものに安らぎを感じます。しかも、湿《しめ》り気《け》のある空気に包まれていると、幼《おさな》い日の母の温《ぬく》もりがよみがえってきました。テスは、やっと自分の居場所《いばしょ》に戻《もど》れたことを確信《かくしん》しました。

しかし、一息ついたのもつかの間、すでに東の空はアカネ色に染《そ》まっています。ぐずぐずしている暇《ひま》はありません。テスはひとまずシイの森を目指し、一気《いっき》に走りだしました。

「何、いまの……目の前を何か通らなかったかい？」

ねぐらに帰る途中《とちゅう》の野ネズミが仲間に尋《たず》ねました。

「なんにも」

テスの走りは、いまや、周りのものたちがその姿《すがた》をとらえることができないほどの速さでした。

空がすっかり白《しら》み、ねぐらに戻《もど》ったヨミの生きものたちが眠《ねむ》りに入るころ、アマスが朝焼けの尾根《おね》から現《あらわ》れました。辺りが急に明るくなりアマスの光が地に届《とど》くと、テスはさすがに目を開けていられず、一瞬《いっしゅん》、ひるんでしまいます。とうに覚悟《かくご》はできているとは言え、反射的《はんしゃてき》に起こるしぐさはどうにもなりません。テスは立ち止まると、おそるおそるまぶたを開きます。やはり、ただまぶしいだけで何も見えません。しかたがありません。目を閉《と》じたままゆっくり進むことにしました。

ところが、そのまぶしさにも徐々《じょじょ》に慣《な》れてきたのか、ゆっくり目を開くとうっすら何かが見えます。それはしだいに濃《こ》くなり、周りの景色が目が覚めるような色に染《そ》めあげられています。

〈これって、ゲンが教えてくれたアマスの世界？　でも、いつの間に……〉

ヨミの世界にあるシイの森に向かっていたはずのテスは、目を閉じている間に表側のアマスの世界に踏《ふ》みこんでしまったと思いました。

青い空、白い雲、錦《にしき》に色づいた遠くの山々。そしてあちこちに散らばるあでやかな草花や獣《けもの》たち。まさにゲンから聞いたとおりでした。

「なんて美しいんだろう。こんな世界があったなんて……」

思わず息をのみます。

すべてが美しい、ゲンの言っていたことは本当でした。でも、いまのテスにはその感動をじっくり味わっている時間はありません。それでもこの瞬間《しゅんかん》に立ち会えたことは、テスにとっては十分満足でした。〈アマスの世界を一目《ひとめ》見てみたい〉少なくともその願いは叶《かな》えられたのですから。テスは、アマスの世界を惜《お》しむように、ゆっくり走り抜《ぬ》けます。


「こ、これは!!」

テスの足は突然《とつぜん》止まります。そして目だけキョロキョロ辺りを見回しています。原っぱの様子《ようす》といい、木の並《なら》びといい、この場所は確《たし》かに見覚えがあります。

「ここはぼくが幼《おさな》いころ遊んだススキノ原じゃないか。なぜ、なぜアマスの世界にススキノ原があるんだぁ?」

テスは頭のなかはこんがらかったままです。自分たちが棲《す》んでいるこの星が、月と同じ丸い形をしていることはゲンから聞いて知ってはいましたが、アマスの世界とヨミの世界は表と裏《うら》でしっかり分かれていたはずです。

と、そのとき、足元で「カサッ」と音がしたかと思ったら、コロコロコロッと大きなドングリがころがっていきます。これまで、いくどとなく見てきた光景です。しかし、このとき、テスの目はそのドングリの動きに釘《くぎ》づけです。

「そうか！　丸は丸でも葉っぱのような平らな丸じゃなく、ドングリの丸だったのか」

アマスの世界を知らずにきたテスは、ヨミとアマスの世界は別々だと思いこんでいたのです。

「なんだ、境界《きょうかい》なんて最初からなかったんだ。ヨミの生きものもアマスの生きものも、もともと同じ場所でくらしていたのか……」

この星が、ドングリのように、どこから見ても丸い球体であったことを、テスはいま、初めて理解《りかい》できました。

「ゲン、君はこのことをぼくに教えたかったんだね。ぼくたちヨミの生きものにも望みがあることを……な、なんてことだ、アマスの世界は君だけじゃなく、ぼくらにとっても大事なものだったんだね」

それがわかったいま、テスは目の前の景色が、なおさらかけがえのないものに見えてくるのでした。そして、ふと、振《ふ》り返ると、この光あふれる草原で、仲間のウサギたちが自由にかけずりまわっている姿《すがた》を、テスは一瞬《いっしゅん》見たような気がしました。

そのころ、すでにハクサンでは小規模《しょうきぼ》の噴火《ふんか》が始まったらしく、上空は北のほうから飛んで来る多くの鳥たちで騒然《そうぜん》としていました。その異変《いへん》に気づいた地上の獣《けもの》たちは胸騒《むなさわ》ぎを覚え、理由もなくうめき声を盛《さか》んに上げています。テスは、そのときハッと気づきます。〈そうか、ぼくたちが巣穴のなかでおそれていたのは、これら獣《けもの》同士が争っていたときの声だったんだ〉

こうして、どんどんつじつまが合ってきます。

テスはさっそくパニック状態《じょうたい》の獣《けもの》たちに向かって言いました。

「みなさん、もうすぐ北の山が大噴火《だいふんか》を起こします。だからここにいてはとても危険《きけん》です。急いでここから離《はな》れてください」

「な、なんだこいつ？」

近くにいたイタチが言うと、

「初めて見かける子ね」

そこにキツネの親子がやってきて言います。小さいからだにするどい牙《きば》や角《つの》があるわけじゃないし、ただ耳が異様《いよう》に長いだけの、見るからに頼《たよ》りなさそうなウサギです。

「逃《に》げろだって……こいつ、おいらたちに指図《さしず》する気かよぉ。おい、おまえチビのくせに生意気《なまいき》だぞぉ」

子どものキツネまであなどった態度《たいど》です。

「なんだなんだ。こいつ、どこから来たんだぁ」

と、どさくさにまぎれて他《ほか》の獣《けもの》たちまで集まってきます。そこへ、サルの子どもが来ました。

「あっ、赤い目だ！」

みんなの視線《しせん》がテスの目にまじまじと注《そそ》がれると、

「な、なんだこりゃー」

獣《けもの》たちはいっせいにたじろぎました。それもそのはず、もともと強い日差しには適《てき》さないテスの目です。無理がたたったのか、充血《じゅうけつ》して赤くなっていたのです。しかし、いちばんおどろいたのはテスです。みんなの反応《はんのう》に、

〈その手があったか〉

テスはとっさの機転をきかせ、集まってきた群《む》れの周りを得意の速さで、一気《いっき》に走り抜《ぬ》けました。

「…………」

あまりの速さに、みんな声も出ません。

「わたしはテス、まもなく北の山が火を噴《ふ》いて大爆発《だいばくはつ》を起こす。ここにいては危険《きけん》だから、みんな、急いで安全な場所に避難《ひなん》するのだ」

少しでも多くの命を救いたいと思うテスの使命感と、キドラからの追撃《ついげき》をかわせたという大きな自信が重なって、テスを大胆《だいたん》にさせます。

「えーっ、山が火を噴《ふ》く！」

「大爆発《だいばくはつ》だって？」

「どうなるの、わたしたち」

どうやらうまくいったようです。しかし、ことがことだけに、不安からみんながざわめくのもしかたないことでした。

そこにちょうどゾウの群《む》れが近づいてきました。なかでも別行動を取っていたひときわ大きくて凶暴《きょうぼう》なダルは、そのざわめきが気になったのか、こちらにめがけて突進《とっしん》してきます。

「どけー、どけー、どくんだー」

激《はげ》しい息づかいとともに地響《じひび》きを立てながら、ついに群《む》れの中まで分け入ってきました。

「どいつもこいつも、なんの騒《さわ》ぎだぁー、おっ、と・と・と・と」

ダルは小さなテスをもう少しで踏《ふ》みつぶすところでした。そうでなくても他《ほか》の獣《けもの》たちは、ダルが近づいただけで蜘蛛《くも》の子を散らすように逃《に》げるのに、テスは逃《に》げるどころか微動《びどう》だにしません。しかも、妙《みょう》に落ち着きはらっているところがよけいダルのかんにさわりました。周りの獣《けもの》たちはその様子《ようす》を息をのんで見つめます。

ダルにとってまともに懲《こ》らしめるには、相手があまりにも小さすぎます。まず、一泡吹《ひとあわふ》かせてやろうと長い鼻を伸《の》ばし、

「フッー」

と、テスに鼻息を吹《ふ》きかけました。

テスはひるむどころか軽くジャンプしてかわします。

「ええぃ生意気《なまいき》なヤツめ」

こんどはその鼻で思いっきりたたこうと高く振《ふ》り上げました。テスは振《ふ》り下ろされる瞬《しゅん》間《かん》をうまくとらえて、その鼻の付け根に跳《と》び乗ります。おどろいたダルは振《ふ》り落とそうとしきりに首を振《ふ》りますが、テスはしっかりしがみついて、離《はな》れません。それこそダルの目の前にはいまいましいテスの顔があります。こうなったら、しかたがありません。ダルはここぞとばかり、するどい目つきでテスをにらみつけます。テスも負けまいと、にらみ返します。すると、

「ウォー、目が、目が燃《も》えているー」

テスが強く力んだため充血《じゅうけつ》した目はさらに赤く、まるでめらめらと燃《も》える火のように見えたのです。それを目の前で見たダルは、じりっじりっと後ずさりします。

テスは身軽に飛《と》び降《お》ります。ダルは急におそれをなしたのか、

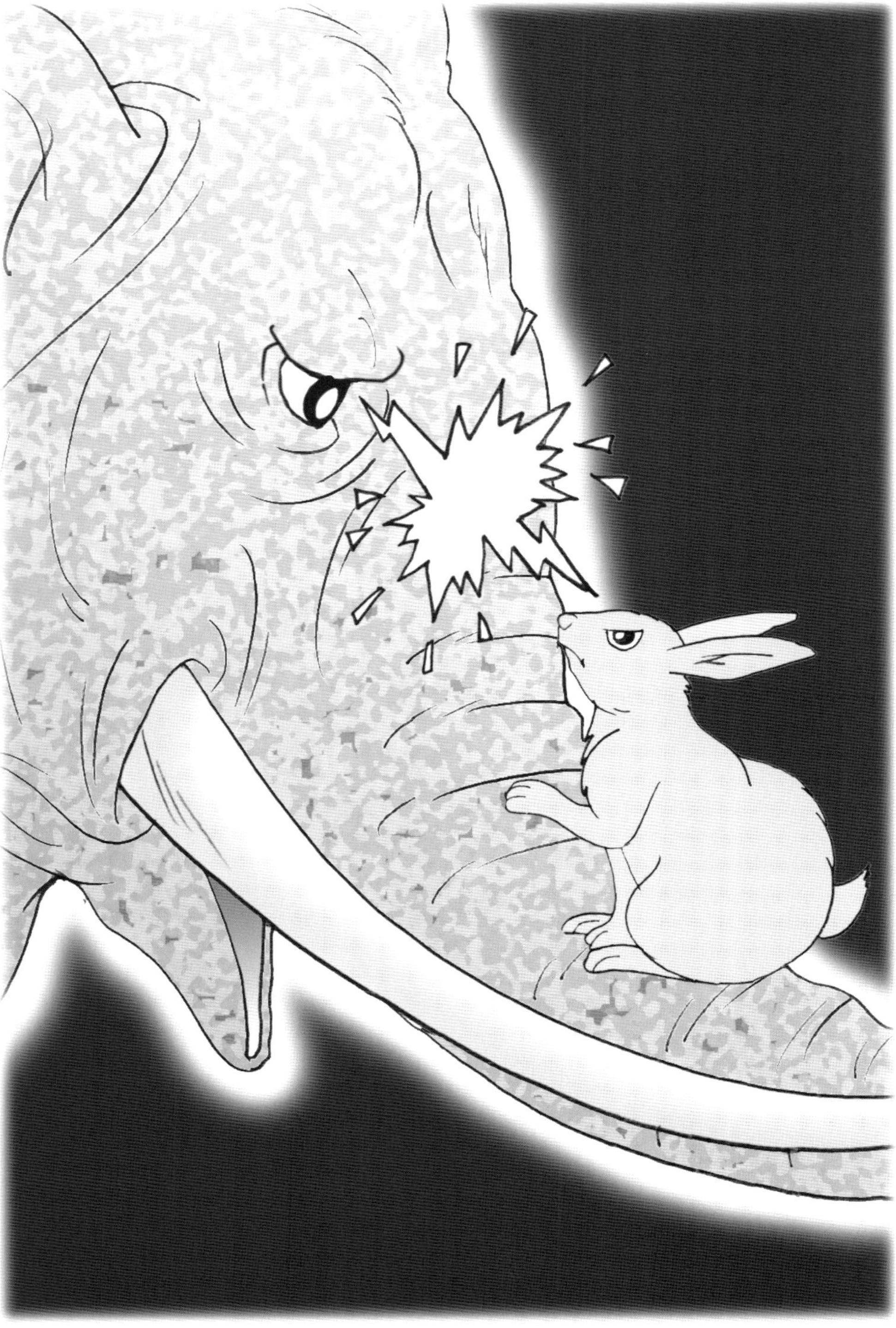

「こ、こいつはただ者ではない。天がつかわした者にちがいない。その赤い目が証拠《しょうこ》だ」

このような時にどこからともなく現《あらわ》れ、小さいながらも果敢《かかん》にふるまう姿《すがた》は、神業《かみわざ》としか思えなかったのです。

おたおたするダルの姿《すがた》なんて、みんな見たことがありません。しかもそのことばに影《えい》響《きょう》されたのか、仲間のゾウたちも動揺《どうよう》しはじめました。

「天の使いだって？」

「赤い目だって」

そのときです。

「さあ、みんな、向こうの高台に進むのよー」

これまでの様子《ようす》をはなれたところで静かに見ていたゾウのリーダー、ハーマがついに声を上げました。経験豊《けいけんゆた》かなメスのハーマのかけ声にゾウの群《む》れはいっせいにこたえます。

他《ほか》の獣《けもの》たちもどよめきながらしたがいます。

「赤い目のテス」

「赤い目のテス」

テスもこのチャンスを逃《のが》すまいと必死です。

「いいぞー、みんなリーダーの後に続くのだー」

手際《てぎわ》のいいハーマとテスの誘導《ゆうどう》に、バクやスイギュウなど大型の草食獣《そうしょくじゅう》からライオンやヒョウなど肉食獣《にくしょくじゅう》まで加わって群《む》れは整然と動きだしました。

「押《お》し合わなくてもだいじょうぶだ、ゆっくり前の者に続くんだー」

テスは勇猛果敢《ゆうもうかかん》にふるまっているようでしたが、このときすでに視力《しりょく》は限界《げんかい》に達していました。

そのころにはハクサンの麓《ふもと》から逃《に》げてきた獣《けもの》たちに混《ま》ざって、エルクの群《む》れもこちらに合流し、群《む》れは一気《いっき》に膨《ふく》らんでいました。しかし、アマスの位置が高くなればなるほど日差しは過酷《かこく》になり、弱ったテスのからだにジリジリとさらなる追い打ちをかけてきます。

ちょうどそのころ、天には不穏《ふおん》な動きが始まっていました。アマスに向かって静かに忍《しの》びよるものがいたのです。急に空気が変わりだしたかと思えば、生温《なまあたた》かいつむじ風まで起きています。

そうです、ヨミはテスとの約束をいよいよ果たされようとしていたのです。それはまだだれも見たことのない黒く大きな月の出現《しゅつげん》でした。

その月がアマスの一点に接《せっ》したとたん、なんと、アマスはそこから徐々《じょじょ》に欠けはじめました。まるで大蛇《だいじゃ》が獲物《えもの》を飲みこむように、ゆっくりゆっくり欠けながらだんだん暗くなっていきます。地上の獣《けもの》たちはいま、天で起きている衝撃的《しょうげきてき》な光景にただおそれおののき、なかには奇声《きせい》を発するものや急に走りだすものもいます。ただ、視力《しりょく》がほとんど失われたテスだけは不穏《ふおん》な空気の中、身を焦《こ》がすような熱さがゆっくりと引いていくのはわかりました。

「ふぅー」

テスはホッとため息をつきます。そして、熱い日差しが取り除《のぞ》かれると、体力とともにテスの視力《しりょく》も徐々《じょじょ》に回復《かいふく》しはじめます。

目が見えるようになると、一変し、ヨミの世界になっていることを知り、テスはおどろきます。そして、ヨミの行われたみわざの大きさに、敬意《けいい》を持って感謝《かんしゃ》しました。言うまでもなく、この機会をムダにしてはならないと、テスはすぐさまシイの森の仲間たちのもとへ向かいます。

最初に向かったのは、テスが以前棲《す》んでいた場所でした。すでに異変《いへん》を感じ取っていたヨミの生きものたちも、うかうか休んでいられない様子《ようす》でした。テスはノラといっしょに過《す》ごした懐《なつ》かしい岩穴《あな》の近くまで来ると、その入り口で不安げに外の様子《ようす》をうかがっているウサギを見つけました。

〈もしや！〉

テスは急いでかけよります。やはりノラの面影《おもかげ》が残る若《わか》いウサギでした。

「ミリーだね。おどろかせてすまない。おまえの兄、テスだ」

突然《とつぜん》声をかけられ、しかも見なれない姿《すがた》のものから兄だと名乗られたミリーは、戸惑《とまど》いを隠《かく》せません。

「この森にいないわたしがなぜおまえのことを知っているのか不思議に思うかもしれないが、そのわけをいまくわしく説明している暇《ひま》はないんだ。ただ、この地鳴りでみんなが不安がっているように、もうすぐ北の山で大噴火《だいふんか》が起きる。そうなると、ここも危《あぶ》ないんだ。

そのことをみんなに知らせるために戻《もど》ってきたんだ。でもその前に、どうしてもおまえに謝《あやま》りたいことがあって、先に立ちよらせてもらった」

ミリーは兄がここに来た理由はわかりましたが、自分に何を謝《あやま》りたいのかわかりません。

「わたしのせいでまだ幼《おさな》かったおまえから母さんを奪《うば》い、どれだけおまえにふびんな思いをさせたことか……本当にすまないことをしてしまった。どうか許《ゆる》してくれ。せめておまえにはこの危機《きき》から逃《のが》れ、仲間たちと無事《ぶじ》に生き延《の》びてほしいのだ」

自分に対する兄の気持ちは理解《りかい》できたものの、まさかこのようなときに兄に会えるとは思ってもいなかったので、ミリーは何から話していいのかわかりません。しかし、その変ぼうぶりから、兄の並々《なみなみ》ならぬ苦労が見てとれたミリーは、初めて口を開きました。

「兄さんのおっしゃりたいことはよくわかりました。でも兄さんの苦労にくらべればわたしの苦労なんて……」

ミリーの瞳《ひとみ》に一筋《ひとすじ》の涙《なみだ》がこぼれました。

「わたしのほうこそ、兄さんに会えて本当によかった。この森で兄さんの身に起きた悲しい出来事は母さんだけでなく、仲間たちからもよく聞かされてきました。実はあのとき、

兄さんがこの森からいなくなったことがみんなに知れわたると、兄さんをそこまで追いつめていった者たちへのせんさくが始まったそうです。その結果、チャチャやグルそしてメルたちがみんなからつるしあげられるといった、仲間うちではかつてない険悪《けんあく》な事態《じたい》になったそうです。それを見かねた母さんはみんなに向かってこう言ったそうです。『あなたたちは学ぶことを知らない。テスやわたしから言わせてもらえば、いま、非難《ひなん》している側と、されている側のどこがちがうというのですか……確《たし》かにテスの身に起きた不幸な出来事は、チャチャの不用意なことばがきっかけだったかもしれないわ。それにわが子を失ったメルのやりきれなさも、わからなくもありません。でも、テスをあそこまで追いつめていった張本人《ちょうほんにん》は、むしろあなたたちです。耳にしたことをただうのみにするだけで、無責《むせき》任《にん》な傍観者《ぼうかんしゃ》をよそおったあなたたちだったことを忘《わす》れないで』と」

ミリーは切々と話してくれました。

「母さんが、あの母さんが……」

テスは、気丈《きじょう》に立ち向かっていた亡《な》き母の姿《すがた》が浮《う》かんでくるようでした。

「母さんのことばを聞いて、みんなは、いったん平常心を取り戻《もど》すと、それぞれが真剣《しんけん》に考えたそうです。以来、わたしたちウサギ族は同じ過《あやま》ちをくり返さないために、いつも真実をとらえられるよう耳をそばだてるようになったそうです。その後、幼《おさな》いわたしを残し、母さんまでいなくなると、みなさんはわたしのことを気づかい、今日《きょう》まで協力《きょうりょく》しながら育ててくださいました。だからわたしはこれまで、さびしい思いなど知らずにこられたのです。このことを兄さんに伝えられる日が来るなんて思ってもみませんでした」

テスは自分が去った後のシイの森で、そのようなことが起きていたとは知るよしもありません。

「そうだったのか。ひとり取り残された幼《おさな》いおまえをずっと育ててくれたのは、わたしがずっと恨《うら》みを抱《いだ》いていた、かつての仲間たちだったとは な……」

このことを知り得たことで、テスは生まれてから自分の身に起きたすべてのことが報《むく》われたような気がしました。

「さあ、みなさん、北の山がまもなく大爆発《だいばくはつ》を起こします。ここにいては危険《きけん》です。急いで逃《に》げてください」

大声でさけぶと、まだ巣穴《すあな》でおびえていたものもいたらしく、中からぞくぞくはいだしてきます。テスは特に仲間のウサギを見ると、声がけにもつい力が入ってしまいます。

「だいじょうぶ。落ち着いて」

しかし、仲間を手際《てぎわ》よく導《みちび》くりりしい若者《わかもの》が、かつてのテスだと気づくものはだれもいませんでした。

「さあ、できるだけ遠くに逃《に》げましょう。おばあさまはわたしの後にしっかりついてきてくださいね」

ミリーも自《みずか》ら先頭に立って呼《よ》びかけています。その様子《ようす》を見届《みとど》けたテスはすでにその場を離《はな》れ、次の目的地に向かっていました。

みんなとは逆《ぎゃく》の方角に向かう兄とは二度と会えないことを察したミリーは、祈《いの》るような思いで見送ります。

しかし、霊力《れいりょく》をもってしてもヨミの神業《かみわざ》は、ここまでが限界《げんかい》でした。アマスをおおっていた黒い月が徐々《じょじょ》にはぎ取られていくと、アマスは持ち前の力をぐんぐん盛《も》り返していきます。

そのころ空はハクサンから高く上がった噴煙《ふんえん》でおおわれ、さすがにアマスといえどもその中にあっては力を十分発揮《はっき》することはできません。テスにとってまたとないチャンスです。テスは最終目的地であるハクサンの麓《ふもと》をめがけ、まっしぐらにかけだしました。

第六章　新しい森

テスがハクサンの麓《ふもと》に着いたころ、辺りは薄暗《うすぐら》く、静まりかえっています。そして、降《ふ》り注《そそ》ぐ灰《はい》に目を開けていられないばかりか、息もままならない状態《じょうたい》です。さらに、追い打ちをかけるように降《ふ》りつもった灰《はい》に足を取られ、思うように先に進むことができません。

「やっとハクサンの麓《ふもと》までたどり着けたと言うのに……この辺りにはまだ逃《に》げ遅《おく》れたものもいるはず」

テスはあせり、先を急ごうとします。

しかしキドラとの戦いを皮切《かわき》りに、立て続けに走り続けたテスのからだはすでにボロボロでした。ついにその場にくずれるように倒《たお》れてしまいました。

一度倒《たお》れてしまうと、からだはもう動いてくれません。しだいに意識《いしき》までもうろうとしはじめていました。

ズシッ、ズシッ、ズシッ。

灰《はい》のつもった大地を踏《ふ》みしめながら、テスのほうに近づいてくるものがいます。からだは衰弱《すいじゃく》しきっても、テスはその地響《ひび》きから獣《けもの》のただならぬ大きさを感じ取っていました。

しかし逃《に》げようにも、いまのテスにはどうすることもできません。にもかかわらず、テスの耳はさしせまる獣《けもの》と自分との距離《きょり》を正確《せいかく》にとらえ続けています。ついにその足音はテスの前でピタリと止まりました。

テスはゆっくりからだを起こそうとしますが、やはり力が入りません。

「テス、おまえが来るのを待っていたぞ。ああー心配するな、このハクサンに棲《す》む生きものはすべて避難《ひなん》した。だからおまえの役目もこれで終わったんじゃ」

テスはこの獣《けもの》が、なぜ自分の名前を知っているのか不思議でしたが、太くしゃがれたその声からは、なぜか脅威《きょうい》は感じられませんでした。

「すべて避難《ひなん》した？　あ、あなたはもしかして……」

このとき、ノラから聞いていたエルクの長老だと直感したテスは、力いっぱい目を開けます。そこにはどっしりとした長老の姿《すがた》がありました。テスは納得《なっとく》したのか、まぶたをゆるめます。

「でも、あなたはどうして逃《に》げないのですか？」

テスは弱々しい声で尋《たず》ねます。

「こいつ！　おまえに言われたくはないわ……わしはもう十分生きた。命なんてものはあたえられた時間が長かろうが短かろうが、しょせん、橋わたしにすぎん」

しばらくの沈黙《ちんもく》の後、自分の命がまもなくつきるのを感じ取ったテスは、最後の力を振《ふ》り絞《しぼ》ります。

「あなたに……お尋《たず》ねしたいことが……あります」

「おお、あらたまって、なんじゃ」

長老はその場にうずくまると、テスの顔に耳を近づけました。

「あなたは先ほど、わたしを待っていたと言われました……わたしがここに来ることを……なぜごぞんじだったのですか？」

「なるほど、そういうことか……もしかしたら、ノラからテス、おまえのことを聞かされたときじゃったかもしれんなぁー。そのときわしは天の計らいに気づいたが、ノラの悩《なや》みは深刻《しんこく》じゃった。じゃからノラには暗示《あんじ》をかけたんじゃよ。『暗示《あんじ》』、それが天山じゃ。悩《なや》める者はみんなどこかで天山を探《さが》し求めるものじゃ……ノラには天山がはっきり見えたんじゃなぁー。じゃがのう、それは真の救いを求めるもののためにヨミが用意されたものじゃ。そして、そこに登ったおまえは、ヨミの計らいにふさわしいものかどうか試されたんじゃよ。そこでおまえは初めて自分と向き合い、結果ここにたどり着いた、ということじゃ。なぜここに来ることがわかったかって？　……天山から戻《もど》れたその勇者をここで迎《むか》える、それがわしにあたえられた最後の務《つと》めだったからじゃよ」

それを聞いたテスは、達成感に満ちあふれた顔で長老にからだをあずけました。

その直後、テスは宙《ちゅう》に軽く浮《う》いていました。わずらわしい音は消え、感覚もありません。テスはいま、目の前の肉体を去る用意ができました。でも、そのしかばねは、帰りたくてたまらなかったこの大地の森に眠《ねむ》るのです。

それを見届《みとど》けたテスは二度と振《ふ》り返ることはありません。そして、頭上を照《て》らす白い光に吸《す》いこまれるように高く、高く上っていきます。

その直後です。

ドドーン。

静まりかえっていたハクサンが、激《はげ》しい爆音《ばくおん》とともに巨大《きょだい》な火柱をともなう大爆発《だいばくはつ》を起こし、そのすさまじさに山頂《さんちょう》そのものが一瞬《いっしゅん》のうちにくずれ落ちました。そこから高温の溶岩《ようがん》が流れだすと、万年雪《まんねんゆき》は土石流《どせきりゅう》となって麓《ふもと》をおそい、山の木々はすさまじい力でなぎ倒《たお》されていきます。

その後もくり返される噴火《ふんか》で、噴石《ふんせき》は四方に飛び散り、ところどころで山火事が起きています。高く舞《ま》い上がった噴煙《ふんえん》はさらに広範囲《こうはんい》に広がり、長い時間をかけてゆっくり降《ふ》り注《そそ》ぎます。

辺りはまるでヨミの世界そのもので、テスを包みこんだ長老のからだは降《ふ》りつもった灰《はい》にすっぽり埋《う》もれてしまい、跡形《あとかた》すらありません。ハクサンとこれまでみどり豊《ゆた》かだったその周辺の森は、いまや見る影《かげ》もありませんでした。

数年後、あのとき避難《ひなん》して生き延《の》びたアマスとヨミの生きものたちは、いまでは新境地《しんきょうち》に落ち着き、それぞれの領域《りょういき》でもとの営《いとな》みを取り戻《もど》していました。母親になったミリーも、この地で多くの子どもを育てあげ、穏《おだ》やかな生涯《しょうがい》をまっとうしました。

さらに長い長い年月が流れました。

青い水とみどりの大地を持つこの星には、いまも多種多様の命が宿り、昼夜に分かれ、それぞれの生活を営《いとな》んでいます。あのテスやノラたちが活躍《かつやく》していたシイの森やエルクの森も、風景こそ変わったものの、いまではすっかり新しい森に生まれ変わっていました。

それ以外に変わったことと言えば……ありました。と言うより、いました。明るい日差しのなか、多くの動物たちに混《ま》ざって元気にかけまわるたくさんのアナウサギたちが……。なんと、テスの夢《ゆめ》は叶《かな》えられていました。長い耳と大きな後ろ脚を持った新種のウサギは、

ミリーの子孫を何代も経《へ》ながら、生息環境《せいそくかんきょう》を変えていたのです。テスが憧《あこが》れていた光あふれるアマスの世界で、その恩恵《おんけい》を余《あま》すところなく受けながら……。

著者プロフィール
さかき みどり

1953年、鹿児島県生まれ。

山河に囲まれた小さないなか町で、野や山を駆け回りながら幼少期を過ごし、恵まれた自然やそこで人々が織りなす人生模様を享受しながら成長する。

一方、絵を描いたり、欲しい物は自分で手作りする楽しみを活かし、高校卒業後上京し、服飾デザインやプロダクトデザインを学ぶ。

1977年、夫と共に広告制作会社を設立し、デザインを担当。

1998年、着物事業部を立ち上げ、着付けに伴う障害を取り除くノウハウや和装下着の開発を手掛ける。

リタイアした現在、東京の郊外にて自然に癒されながら、適度な刺激ある日々を満喫している。

イラスト／青木宣人

赤い目のテス

2018年２月15日　初版第１刷発行

著　者　さかき みどり
発行者　瓜谷 綱延
発行所　株式会社文芸社
〒160-0022　東京都新宿区新宿1－10－1
電話　03-5369-3060（代表）
03-5369-2299（販売）

印刷所　株式会社フクイン

ISBN978-4-286-19038-9